Das Buch:

Elf Erzählungen und Kurzgeschichten über die wichtigen Dinge im Leben: über Liebe und Hass, über Freude und Trauer, Wiedersehen und Abschiednehmen, Reisen und Zuhausebleiben, über Sommer und Winter, Frühling und Herbst und über Anfang und Ende.

Der Autor:

D.G. Ambronn (geb. 1955) studierte Germanistik und Anglistik in seiner schleswig-holsteinischen Heimat. Seit dem Ende seines Berufslebens widmet er sich dem Schreiben und lässt sich dabei von den Erinnerungen an all die Orte, die er im Laufe seines Lebens gesehen hat, und den Menschen, die ihm dort begegnete sind, inspirieren.

Weitere Bücher von D.G. Ambronn:

– Dass du in Venedig wärst (Roman)
– Und was ist mit Rosemarie? Ein Kieler Kriminalroman

D.G. Ambronn

Eine irische Winterreise

und andere Erzählungen
und Kurzgeschichten

Bibliografische Information der Deutschen Nationalbibliothek:
Die Deutsche Nationalbibliothek verzeichnet diese Publikation in
der Deutschen Nationalbibliografie; detaillierte bibliografische
Daten sind im Internet über http://dnb.dnb.de abrufbar.

© 2020 D.G. Ambronn

Herstellung und Verlag: BoD – Books on Demand, Norderstedt

ISBN: 978-3-7526-8992-1

INHALT

Seite

Was ich dir erzählen wollte 7

Eine irische Winterreise 13

Das Märchen vom
       besonderen Weihnachtsgeschenk 33

Ein Teufel 49

Der Frieden danach 63

Die glückliche Straße von einst 79

Wo die Verzückung weilt 85

Kleine Mädchen, große Herzen 91

Die Verachtung 103

Ein anderes Zeichen im Himmel 111

ANHANG

Nur allein der Liebe wegen 121

Was ich dir erzählen wollte

Als ich hierher kam, um für immer zu bleiben, das war vor über zwanzig Jahren, da freute ich mich darauf, in dieser wunderschönen, großen Stadt leben zu dürfen. Aber inzwischen ist mir nur noch ein ganz kleines Stückchen von Rom geblieben. Nur noch das, was ich sehe, wenn ich aus dem Fenster schaue. Da vorne zwischen den Bäumen kann ich den Tiber sehen und ein wenig von der Engelsbrücke. Nur im Winter, wenn die Platanen kein Laub tragen, habe ich einen freien Blick auf die Engelsburg jenseits des Flusses.

Ich verlasse das Haus schon seit Jahren nicht mehr. Nach dem Frühstück bringt Signora Aversa mich hierher zu meinem Sessel am Fenster, und ich beobachte die Welt dort draußen. Es ist immer etwas los. Die Leute sagen, hier am Tiber mit all dem Verkehr ist es viel zu laut. Aber das stört mich nicht. Ich kann nämlich inzwischen nicht mehr so gut hören. Dir ist sicher auch schon aufgefallen, dass man mit mir etwas lauter reden muss, habe ich recht?

Hier sitze ich also und schaue aus dem Fenster. Wenn die Sonne scheint, so wie heute, freue ich mich, weil die Welt dann viel freundlicher aussieht. Den ganzen Tag lang sitze ich hier. Und ich warte. Ja, ich warte, und du fragst dich jetzt sicher, worauf ich warte. Eigentlich gibt es nichts mehr, worauf man mit 92 noch warten kann. Man hat ja schon alles hinter sich. Trotzdem warte ich. Auf irgendetwas. Was soll ich auch sonst tun?

Du bist das Mädchen – Oh, entschuldige! – die junge Frau, von der Ludovica mir geschrieben hat. Ihr nennt sie auch Lulu, so wie wir es getan haben, nicht wahr? Sicher hat sie dir gesagt, wo ich wohne. Bevor sie dir von mir erzählt hat, wusstest du wahrscheinlich nicht einmal, dass es mich überhaupt gibt. Wir sind ja nur sehr entfernt miteinander verwandt.

Dich nennen sie Debs, obwohl du eigentlich Deborah heißt. Ein schöner Name. Lulu meint, dass sie sich über deinen Besuch sehr gefreut hat. Ich habe meine Schwester schon seit Jahren nicht mehr gesehen. Zuletzt – lass mich nachdenken – ich glaube, das war vor zehn Jahren, als sie hier in Rom war. Ach, vielleicht ist es auch schon länger her. Ich bringe solche Dinge inzwischen oft durcheinander.

Da drüben auf der Anrichte steht ein Foto von ihr, das zweite von links. Du erkennst sie sicher nicht wieder. Damals war sie ein junges Mädchen und ging noch zur Schule. Das Bild da vor der Vase, das bin ich mit Esmond. Signora Aversa sorgt immer für frische Blumen. Sie meint, das gehört sich so bei einem Hochzeitsfoto.

Wir waren damals so glücklich miteinander. Leider ist es nicht immer so gewesen. Eine Zeit lang haben wir uns getrennt, aber am Ende haben wir uns doch wieder ausgesöhnt. Dann ist er gestorben. Ganz plötzlich. Ein Herzinfarkt. Das war vor zwanzig Jahren. Ich bin dann hierher nach Rom gezogen. Mein Vater war aus Rom. Er hat seine Heimat verlassen, als Mussolini an die Macht kam. Seine Eltern sind hiergeblieben, aber er, er ist nach England gegangen. Dort hat er meine Mutter kennengelernt, eine Engländerin, die nicht einmal katholisch war. Sie haben trotzdem geheiratet. Ganz rechts, das uralte Foto, das sind sie, meine Eltern, und das Kind auf dem Schoß meiner Mutter, das ist mein Bruder. Er hieß George, aber wir haben ihn Gino genannt. Hat Lulu dir von ihm erzählt? Wer die Menschen auf den übrigen Bildern sind, sage ich dir später einmal. Wenn es dich überhaupt interessiert.

Ich sehe es dir an, dass du dich hier wie in einem Museum fühlst. Wenn man jung ist, ist die Zukunft viel interessanter als die Vergangenheit. Aber, glaube mir, im Laufe des Lebens ändert sich das. Ich habe viel über die Vergangenheit nachgedacht, und dann habe ich das, woran ich mich noch erinnern konnte und was mir noch so durch den Kopf gegangen ist, schließlich auch aufgeschrieben. Eigentlich nur für die Kinder.

Lulu sagt, du hast es gelesen, als du in den Ferien bei ihr warst. Ich bin sicher, es hat dir nicht gefallen. Oh, du musst jetzt nicht aus Höflichkeit so tun, als wenn es anders wäre. Du lebst in deiner Welt und in deiner Zeit. So wie ich auch. Und ich konnte nur von meiner Welt und meiner Zeit erzählen. Ich sah auch keine andere Möglichkeit, als bei der Wahrheit zu bleiben, denn all die Menschen, von denen ich erzähle, sind ja schon tot. Nur ich und Lulu sind noch da, und Lulu war damals noch ein kleines Mädchen. Sie hat wahrscheinlich gar nicht richtig mitbekommen, was um sie herum passierte. Oder es zumindest nur aus ihrer kindlichen Sicht heraus wahrgenommen. Nur ich konnte noch berichten, was wirklich passiert ist. Ich habe das als große Belastung empfunden. Kannst du das verstehen? Wenn ich es nicht erzählt hätte, und zwar so, wie es wirklich gewesen ist, dann wäre alles vergessen und vergangen gewesen. Alles, was geschehen ist, und all die Menschen, die damals gelebt haben.

Vielleicht tut es mir einfach nur leid, dass meine Welt untergeht. Und ich mit ihr. Sie war am Ende doch so schön. Ich habe ja auch nie eine andere kennengelernt.

Aber dir hat es nicht gefallen. Das verstehe ich. Du hast diese Zeit nicht erlebt. Du siehst die Dinge so, wie es deine Zeit von dir verlangt. Als ich jung war, habe ich das auch getan. Ich habe es auch nicht gerne gehört, wenn die Älteren davon redeten, wie alles früher gewesen sei.

Ich habe erzählt, was Menschen im Krieg erlebt haben. Ja, davon musste ich berichten, denn das war das, was uns geprägt hat. Der Krieg mit all den Ängsten und der Sehnsucht nach Frieden und danach, dass alles eines Tages wieder gut wird.

Du hörst nicht so gerne, dass es Kriege gegeben hat und dass es sie immer noch gibt. Natürlich sagt dein Verstand dir, dass es sie gab und gibt, aber du möchtest nicht daran erinnert werden. Ich wünsche dir, dass du den Krieg tatsächlich vergessen darfst und er für dich nie Wirklichkeit wird. Aber ich habe einen Krieg miterlebt. Als er anfing, war ich gerade 13 Jahre alt, und als er vorbei war, war ich eine junge Frau. Aber das hast du ja alles gelesen.

Ah, da kommt Signora Aversa mit dem Tee. Du nimmst doch sicher auch eine Tasse, oder? Es ist Melissentee. Ich trinke schon lange keinen schwarzen Tee mehr am Nachmittag. Der bekommt mir nicht mehr so gut.

Die Sonne wird bald untergehen. Weil dies die Nordseite des Hauses ist, scheint sie praktisch nie hier ins Zimmer. Aber wenn sie scheint, liegt alles, was ich draußen sehe, im Sonnenlicht. Zumindest so lange, bis die Schatten der Häuser, so wie jetzt, die Bäume am Fluss erreichen. Um diese Zeit des Jahres sind die Tage ja leider schon sehr kurz.

Als ich noch jung war, kamen mir die Tage viel länger vor.

Eine irische Winterreise

Wir, der Eduard und ich, saßen mit unseren irischen Freunden im Wohnzimmer und bewunderten den Weihnachtsbaum. Es war ein bisschen so, als wären wir nach Hause gekommen. In ein vertraut-fremdes Zuhause, das ganz und gar undeutsch war, in das wir uns nach etlichen Besuchen hinein gelebt hatten. Manchmal fielen wir immer noch in unser Deutschsein zurück, aber es gab auch Augenblicke, wo es uns gelang, Urlaub von uns selbst zu machen. Und manchmal staunten wir einfach nur, dass es heute, im letzten Jahrzehnt dieses Jahrhunderts immer noch Länder in Europa gibt, die so ganz und gar anders sind als alle anderen.

Wir bewunderten also gebührend den Weihnachtsbaum und tranken irisches Bier aus Dosen. Das Bier war gut, Macardles Ale, hier in Dundalk gebraut und anderswo praktisch unbekannt. Der Weihnachtsbaum war für unseren Geschmack allerdings ein bisschen sehr bunt. Man sah eigentlich nur Weihnachtsbaumschmuck. Keine

Ahnung, ob darunter ein echter Baum war oder ein künstlicher. Oder gar nichts. Wie beim Schottenrock.

Die erste Dose Bier hatten wir schnell geleert und dann ins offene Kaminfeuer geworfen. Weil Brendon das auch so machte. Ich habe leere Bierdosen noch nie so entsorgt. Aber ich habe zu Hause auch keinen offenen Kamin. Dann führte Brendon uns in eine Art Hobbyraum, wo er neuerdings selber Wein keltert. Wenn ich das richtig verstanden habe, hatte er eine Art Pulver aus getrockneten Weintrauben und noch irgendwas anderem erstanden, das er mit Wasser angerührt und dann in einen großen Glasballon gefüllt hat. Jetzt wartete er darauf, dass daraus Wein wird.

Nachdem wir die Versuchsanordnung gebührend bewundert hatten, erklärte Brendon uns, dass es noch einige Wochen dauern würde, bis der Wein fertig ist. Wir hörten es mit einer gewissen Erleichterung. Bis dahin würden wir nicht nur über die Wicklow Mountains, sondern auch über alle anderen Berge sein.

Dundalk liegt übrigens an der Straße zwischen Dublin und Belfast, nur wenige Kilometer von der Grenze zu Nordirland entfernt. Die Landschaft sieht in dieser Jahreszeit ein bisschen grau in grau aus. Nicht das kräftiges Grün, wie wir es sonst gesehen haben. Es ist schließlich Winter. Aber Gott sei Dank gibt es in Irland keinen Winter so wie bei uns. Schnee kennen die hier überhaupt nicht.

Morgen mehr. Jetzt leg ich mich erst Mal aufs Ohr.

Nach dem Frühstück hat Brendon uns zu einer Stelle gefahren, wo die Autos von ganz allein den Berg hoch rollen. Ja, wirklich. Es war irgendwo draußen in der Pampa. Er tat furchtbar geheimnisvoll. Er hielt den Wagen in einer Senke zwischen zwei kleinen Hügeln an. Machte den Motor aus. Dann löste er die Bremse. Und tatsächlich, der Wagen rollte rückwärts den Hügel hinauf. Er ist dann noch einmal zum tiefsten Punkt der Senke zurückgefahren und der Wagen rollte auch diesmal wieder den Hügel hoch. Ich glaube, das Ganze ist nur eine optische Täuschung, aber die Iren sind mächtig stolz darauf, dass in ihrem Land nicht einmal die Gesetze der Physik gelten. Wenn die Wissenschaftler immer das letzte Wort hätten, wäre ja auch die Sache mit den Leprechauns gar nicht möglich. Die Leprechauns, das sind die kleinen, grünen Männchen, die immer dummes Zeug machen und die nicht vom Mars stammen, sondern schon immer in Irland lebten. Deshalb sind sie ja auch grün, weil die Insel so grün ist. Ich habe keine Ahnung, warum die vom Mars auch grün sind.

Heute waren wir in der Disco. Mit Paddy, dem ältesten Sohn von Brendon und Fiona, und ein paar jüngeren Iren. Brendon und Fiona fühlen sich für die Disco zu alt. Wir waren schon spät dran, trotzdem gingen wir vorher noch in die Bar. So früh am Abend sind nur die Kids in der Disco, erklärte man uns.

Wir tranken *Black Russians*. Das ist ein Cocktail aus Wodka und Kaffeelikör mit Guinness und Cola. Sieht sehr schwarz aus, und wenn man zu viel davon trinkt, wird einem wahrscheinlich sogar völlig schwarz vor Augen.

Es war schon nach elf, als wir in die Disco wechselten. Zusammen mit der Eintrittskarte bekamen wir einen Coupon für ein Mitternachtsmahl. Das war ein Hähnchenschenkel und dazu ein paar gekochte Kartoffeln in der Schale. Zum Essen ging man in einen separaten Raum. Wir also auch. Die anderen Gäste waren wohl nicht richtig hungrig. Jedenfalls erinnerten sich etliche daran, wo das herkam, was auf ihrem Teller lag, und ließen die Hähnchenschenkel durch den Raum fliegen. Und die Kartoffeln gleich hinterher. Vielleicht hatten die Leute vorher wie wir *Black Russians* getrunken. Kann es sein, dass die sich negativ auf das Hungergefühl auswirken? Wir kamen jedenfalls auch schnell zu der Überzeugung, eigentlich keinen Hunger zu haben und gingen wieder. Das hatte den Vorteil, dass wir nicht von Hähnchenschenkeln oder Kartoffeln getroffen wurden.

Die Disco war ansonsten wie eine ganz normale Disco, nur dass das aufregende Treiben auf der Tanzfläche plötzlich gestört wurde, als die Stimmung gerade am schönsten war. Die Lichter gingen an, alle standen auf und lauschten mit feierlicher Miene der irischen Nationalhymne. Sehr viele sangen sogar mit. Anschließend gingen alle nach Hause. Also blieb uns nichts anderes übrig, als das auch zu tun.

Nachdem Brendon uns vorgeschwärmt hatte, was für ein tolles Getränk *Potcheen* ist, wollten wir das nun auch gerne probieren. Brendon machte ein betont ernstes Gesicht, weil es *Potcheen* nur schwarz gebrannt gibt. Die Leute auf dem Land brennen ihn heimlich. Dann trinken sie ihn ganz schnell oder verschenken oder verkaufen ihn. Das machen sie, damit keiner mehr da ist, wenn die Polizei kommt und den *Potcheen* beschlagnahmen will. Manchmal sind sie nicht schnell genug. Aber das ist nicht so schlimm, denn unter den Polizisten gibt es welche, die den beschlagnahmten *Potcheen* stibitzen und unter der Hand verhökern. Sofern sie ihn nicht lieber selber trinken. Auf die Schnelle hätte er keinen Schwarzbrenner an der Hand, sagte Brendon, aber jemanden, der beschlagnahmten *Potcheen* besorgen könne, das wäre machbar.

Am Abend führte er uns in eine ziemlich finstere Kneipe, in der wir vorher noch nie waren. Na ja, es gibt in Dundalk angeblich an die 150 Pubs, wie sollen wir die alle kennen? Brendon hat uns erzählt, dass immer wieder Leute versuchen, an einem Abend in jedem dieser Pubs ein Bier zu trinken. *Pub crawl* nennt man das. Geschafft hat es aber bisher keiner. Ich vermute, das liegt daran, dass die Pubs wegen der Sperrstunde schon so früh schließen.

Dieses Pub hier war wirklich ein bisschen altmodisch, noch richtig mit Sägespänen auf dem Fußboden und so. Der Schwarzhändler war schon da, und wir haben uns zu ihm an den Tisch gesetzt und zusammen Bier getrunken. Er sah ganz harmlos aus. Dann hat er mir unterm Tisch etwas, das in Packpapier eingewickelt war, zugeschoben, und dabei haben er und Brendon ziemlich konspirative Gesichter gemacht. Ich habe hinterher zu Eduard gesagt, dass die beiden uns sicher ein wenig auf den Arm nehmen wollten und uns was vorgespielt haben. Uns, den Touris aus Germany. Aber wer weiß?

Den Silvesterabend feierten wir mit unseren irischen Freunden zusammen in einem Pub. Wir hatten vorher Eintrittskarten gekauft. Nicht billig. Dafür war alles frei, Essen und Trinken. Nur gab es eigentlich gar nichts zu essen, außer ein paar armseligen Sandwiches, die kurz vor Mitternacht mit Pappnasen und Papphüten zusammen herumgereicht wurden. Damit alle sich verkleiden konnten. Mit den Pappnasen und Papphüten. Zu trinken gab es aber reichlich, vor allem Bier.

Da wir die irischen Trinksitten kannten und wussten, dass man in einem Pub keinen Sekt bekommt, hatten Eduard und ich schon am Flughafen im Duty-free-Shop eine Flasche billigen Sekt gekauft. Als wir den Wirt nach Gläser dafür fragten, fand er nach einigem Suchen tatsächlich ein paar Sektgläser. So wurden wir um Mitternacht zur viel bestaunten Attraktion. *Schaut sie Euch an, diese Deutschen da, die feiern mit Champagner.*

Geböllert wurde nicht. Kein bisschen. Das ist hier verboten, und alle halten sich daran. Fürs Böllern ist nämlich allein die IRA zuständig. Die versorgt die Menschen auch mit Benzin. Das ist in Nordirland viel billiger als hier, also bringt die IRA ganze Tanklastzüge voll davon in die Republik. Brendon hat uns stolz einen Zeitungsartikel gezeigt. Einer von diesen Lastzügen wurde vom irischen Zoll auf einer einsamen Landstraße nicht weit von der Grenze angehalten. Darauf zückte der Fahrer einen Revolver und gab einen Warnschuss ab. Blitzschnell sprangen die Leute vom Zoll in den Straßengraben, und der Tanklastzug fuhr weiter.

Die Grenze ist von hier nur ein paar Kilometer entfernt. Und alle fahren gerne in den Norden, weil dort nicht nur das Benzin billiger ist. Lebensmittel sind dort auch billiger, Haushaltsgeräte, Bekleidung. Eigentlich ist dort alles billiger. Brendon sagt, dass die britische Regierung Schuld daran ist. Die will, dass die Menschen in Nordirland sich freuen, dass sie nicht in der Republik leben müssen.

Auch Autos sind dort billiger. Brendon liebt es, uns Preise von Neu- und Gebrauchtwagen vorzutragen. Was sie in Irland kosten und was in Nordirland. Automarke für Automarke, Modell für Modell, Jahrgang für Jahrgang. Wir sind immer mächtig beeindruckt. Dann fragt er uns, wie viel dieses oder jenes Auto denn wohl in

Deutschland kosten würde. Er fragt das immer wieder mal, obwohl er weiß, dass wir es nicht wissen. Wahrscheinlich ist er von unserer Unwissenheit genauso fasziniert wie wir von seinem Wissen.

Im Vorgarten steht hier übrigens auch ein Auto. Das gehört Brendon, und er ist es früher gefahren, bis er es nicht mehr fahren konnte, weil er damit gegen eine Mauer gekracht ist. Die Straßen sind hier oft sehr schmal, zu schmal, wenn was entgegenkommt. Das alte Auto hat jetzt keine Nummernschilder mehr. Brendon hat sie abgeschraubt und ist mit einem Freund nach Nordirland gefahren. Da hat er sich einen neuen Gebrauchten gekauft. Dann hat er die alten Nummernschilder drangemacht und ist wieder nach Hause. Er hatte nämlich keine Lust, Zoll für das Einführen eines Autos zu zahlen. Dann hätte er ja bei dem Geschäft nichts gespart. Manche Autos haben hier sogar Aufkleber, wo drauf steht *Frei geboren, zu Tode besteuert*. Die Iren mögen nämlich keine Steuern.

Nach der Silvesterfeier in der Kneipe machten wir bei unseren Freunden weiter. Brendon hatte immer noch den Ehrgeiz, die komischen Vögel aus Deutschland betrunken zu machen. Die komischen Vögel, das sind wir, der Eduard und ich. Vielleicht wäre es ihm in dieser Nacht endlich gelungen, aber dann kam ein Anruf. Ein Freund war mit dem Wagen liegen geblieben. Mitten in der Silvesternacht. Brendon machte sich auf den Weg, den Freund aus seiner Notlage zu befreien. Wir nutzten die Gelegenheit, uns aus *unserer* Notlage zu befreien und gingen ins Bett.

Es wurde eine unruhige Nacht. Irgendwann, ich habe nicht auf die Uhr geschaut, aber draußen war es noch dunkel, und deshalb hätte ich auch gar nicht sehen können, wie spät es war, da wurde ich wach und hatte das unbestimmte Gefühl, nicht allein im Bett zu sein. Das wunderte mich ein wenig, denn als ich einschlief, hatte ich das Gefühl noch nicht. Ich tastete vorsichtig, ob da wohl wirklich jemand wäre, und tatsächlich, da war jemand. Ich fragte mich – soweit das möglich ist nach einem durchzechten Silvesterabend und wenn man mitten in der Nacht wach wird und noch lange nicht im Vollbesitz seiner geistigen Kräfte ist, weil man noch dringend etwas mehr Schlaf braucht – also, ich fragte mich, wer das sein könnte. Auf die Idee, die Nachttischlampe anzumachen, kam ich nicht. Ich stellte mir als Nächstes die Frage, warum jemand neben mir lag. Ich weiß nicht mehr, welche dieser beiden Fragen mich mehr beschäftigte, jedenfalls schlief ich über meinem angestrengten Nachdenken erschöpft wieder ein. Das lag an dem zuvor konsumierten Alkohol. Als ich das nächste Mal wach wurde, war der Tag angebrochen, und es lag immer noch jemand neben mir. Ich riskierte einen Blick. Es war Eduard! Ich war völlig perplex. Was machte er in meinem Bett? Ich stand auf, ging hinunter, um eine Zigarette zu rauchen und über dieses absonderliche Vorkommnis nachzudenken. Im Wohnzimmer fand ich mehrere

Schlafende auf dem Sofa und in den Sesseln. Weil ich keinen von ihnen kannte, ging ich in die Küche. Während ich rauchte, grübelte ich, kam aber zu keinem Ergebnis. Schließlich ging ich wieder in mein Zimmer, weckte Eduard. „He, wach auf! Geh gefälligst in dein eigenes Bett!" Er sah mich schlaftrunken an und trollte sich dann aber, ohne zu widersprechen. Zufrieden legte ich mich wieder hin und schlief noch das eine oder andere Stündchen.

Beim Frühstück erzählte mir Eduard, was in der Nacht schief gelaufen war. Irgendwann war er wach geworden. Das viele Bier, das er im Verlauf des Silvesterabends getrunken hatte, zwang ihn unerbittlich aufzustehen. Das Durcheinander in seinem Kleiderschrank, das er am Morgen vorgefunden hatte, legte Zeugnis davon ab, dass er genau da ein erstes Mal die falsche Tür erwischt hatte. Es ist nachts ja auch immer so furchtbar dunkel. Trotzdem war er schließlich an sein Ziel gelang. Aber auf dem Weg zurück hatte er sich ein zweites Mal in der Tür geirrt.

Manchmal sind auch Iren nicht-irisch. Du weißt, ich liebe Erdnussbutter über alles. Als es sie heute zum Frühstück gab, habe ich mir davon reichlich auf meinen Toast gestrichen. Brendon meinte daraufhin: „Oh, ich sehe, du nimmst gerne ein wenig Brot zur Erdnussbutter." Der Spruch hätte auch von meiner Großmutter sein können. Ansonsten ist das Frühstück so eine Sache: Weil

Fiona glaubt, dass ich uneingeschränkt bereit bin, mich auf alles Irische einzulassen, setzte sie mir einen Teller Porridge vor. Das ist so eine Art Tapetenkleister, den man mit Milch und Zucker isst. Eduard gilt in dieser Hinsicht als unsicherer Kantonist, er darf deshalb statt dessen Corn Flakes essen. Gegen alles andere ist nichts einzuwenden: Spiegeleier, Speck, Black und White Pudding. Das, was sie hier Pudding nennen, das ist übrigens so eine Art Wurst aus Rindertalg und Hafergrütze, die weiß ist, solange man kein Schweineblut rein tut. Dann wird sie nämlich schwarz. Man schneidet sie in Scheiben und grillt oder brät sie. Dann kann man sie essen, und es gibt Leute, die tun das sogar.

Gleich nach dem Frühstück haben wir heute unsere Rundreise gestartet. Erste Station: Kilkenny. Wir haben eine B'n'B Unterkunft haben wollen und sind gleich am Ortseingang fündig geworden. Unsere *Landlady*, so nennt man hier eine Frau, die es fremden Leuten erlaubt, in ihrem Haus zu übernachten, zeigte uns das Zimmer. Sie meinte, sie hätte gerade kurz vor unserer Ankunft ein wenig gelüftet, und es war tatsächlich lausig kalt in der Bude. Wahrscheinlich hatte sie den Raum noch nie geheizt. Es war aber auch nichts vorhanden, womit man ihn hätte heizen können. Wozu auch? Niemand ist so blöd und macht im Winter Urlaub in Irland. Später wurde sie wohl von Gewissensbissen gequält und stellte uns eine Elektroheizung ins Zimmer. Dadurch wurde die Temperatur tatsächlich etwas erträglicher. Wir hatten für Notfälle aber auch noch eine Flasche *Southern Comfort* dabei und zögerten nicht, den heutigen Abend zu einem solchen Notfall zu erklären. Anschließend machten wir uns mit wohliger Wärme angetan auf den Weg ins Zentrum von Kilkenny.

Wir kamen zu einem Pub, dem *Langton's*, dass schon mehrmals Irlands Pub des Jahres gewesen war, und tranken dort ein Guinness. Vielleicht waren es auch zwei. Also, ich meine, zwei für jeden. Das Guinness schmeckte dort nämlich wirklich gut. Aber es war so rappelvoll, dass wir weiterzogen zu einem ruhigeren Pub, um herauszufinden, ob das Bier dort auch schmeckt.

Unterwegs kamen wir an einem Schaufenster mit Bildern von Hunden vorbei. Vielleicht ein Laden für Jäger. Die brauchen schließlich Hunde.

Im zweiten Pub saßen wir an einem Tisch an so einer Art Säule mitten drin. Die Mädels, die dort servierten, liefen ständig an uns vorbei. Mal in die eine, mal in die andere Richtung. Es erinnerte uns irgendwie an die Bilder von den Hunden. Ich weiß auch nicht, warum. Jedenfalls wurde einem ganz schwindlig davon. Aber dagegen hilft Bier. Und wenn das nicht hilft, hilft noch mehr Bier. Aber irgendwann hört das Bier auf zu helfen. Dann wird einem davon noch schwindliger.

Gestern waren wir in Cork in einem Pub, in dem ein Weihnachtsbaum stand. Der war genauso bunt wie der bei Brendon und Fiona. Er ist uns vor allem deshalb aufgefallen, weil wir direkt daneben gesessen haben. Es waren keine anderen Tische frei.

Der Weihnachtsbaum war nicht nur furchtbar bunt, die Lichter gingen auch ständig an und aus. Da war aber nichts kaputt, sie sollten das tun. Es war so ein bisschen, wie wenn man nachts auf der Straße eine Baustelle sieht. Aber das Bier war gut. Beamish hieß es. Es sieht aus wie Guinness, der Geschmack erinnert aber irgendwie an Kaffee. Jedenfalls wird es hier in Cork gebraut, und deshalb trinken es die Leute in Cork und Umgebung gerne, und zwar so gerne, dass man es in anderen Gegenden Irlands gar nicht bekommen kann. Wir haben uns beeilt, mehrere Pints davon zu uns zu nehmen in der Hoffnung, dass wir dann die blinkenden Lichter des Weihnachtsbaums besser ertragen können, und es hat funktioniert. Hunde gab es hier im Pub auch wieder keine. Nur junge Mädchen. Das hat Eduard ziemlich zu schaffen gemacht.

Gestern kamen wir in Youghal an. So wie viele irische Namen wird das ganz anders ausgesprochen, als man denkt. Wie, wissen wir auch nicht genau. Ein bisschen so ähnlich, wie der Hund macht. Ich meine natürlich nicht *wau*, sondern *jaul*.

Es war Eduards Geburtstag. Das wollten wir gebührend feiern. Aber Youghal ist kein sehr großer Ort und im Winter ist dort nix los. Wir hätten gerne etwas gegessen. Man verträgt dann das viele Bier viel besser. Aber der Ort befand sich in einer Art Winterschlaf. Wahrscheinlich kommen im Sommer viele Touristen hier her, sonst würde es im Winter nicht so auffallen, dass sie *nicht* da sind. Nachdem wir uns also die Füße schon ziemlich rund gelaufen hatten und auch ganz durchgefroren waren, weil es irgendwann auch noch angefangen hatte zu regnen, kamen wir zu einem Hotel mit Restaurant, das geöffnet hatte. Aber nicht ganz. Sie hatten Zimmer, das schon, aber nichts zu essen. Winterpause. Wir haben dann wohl sehr enttäuscht dreingeblickt. Oder sehr hungrig. Jedenfalls meinte die Frau an der Anmeldung, sie würde mal in der Gefriertruhe nachsehen, ob noch was zu essen da sei. Sie hat leckere, gefüllte Hähnchenbrust und Pommes gefunden. So kam Eduard doch noch zu einer anständigen Geburtstagsfeier.

Anschließend sind wir in ein Pub am Hafen. Zu trinken gibt es in Irland immer. Im Winter freuen sich die Einheimischen, dass sie auch das noch trinken dürfen, was sonst an die Touristen geht.

An den Wänden hingen dort lauter Schwarz-Weiß-Fotos von den Dreharbeiten zum Film *Moby Dick*. Den hat man hier gedreht. Weil in Youghal damals alles immer noch so aussah wie vor 100 Jahren.

Mit der nötigen Bettschwere versehen sind wir zu unserem B'n'B spaziert. Wir hatten jeder ein schönes, großes Zimmer, alles picobello in Schuss. Bisschen altmodisch und irgendwie unirisch. Über dem Bettzeug war eine Decke, die dick und schwer war wie ein Teppich, und unten drunter, unter dem Laken, eine elektrische

Heizdecke. Wow! Total unirisch! Bei dem nasskalten Wetter eine echte Wohltat. Noch dazu eine völlig unerwartete. Ich lud mein Bett mit kuschelige Wärme auf und kroch dann hinein. Ich schlief sehr gut. Eduard nicht. Er hatte nämlich vergessen, vor dem Einschlafen die Heizdecke auszuschalten. Er ist mitten in der Nacht schweißgebadet aufgewacht und erst mal ganz schön lange im Zimmer auf und ab gegangen, um seinen Kreislauf wieder in den grünen Bereich zu kriegen.

Waterford ist auch ein hübsches Hafenstädtchen, nur dass es nicht am Meer liegt, sondern an einem Fluss. Aber der ist hier so breit, dass das nicht weiter stört. Wie er heißt, weiß ich nicht.

Unsere Unterkunft ist eher kein echtes B'n'B, sondern mehr so eine Art Pension. Wir haben ein Doppelzimmer mit einem Fernseher und einem Heizlüfter an der Wand. Den Fernseher braucht man eigentlich gar nicht. Weil es so kalt ist, dass man den Heizlüfter einschalten muss, und der Heizlüfter ist so laut, dass man den Fernseher nicht mehr hören kann. Na gut, sehen kann man natürlich trotzdem was. Man kann den Heizlüfter auch ausschalten, aber dann heizt er nicht mehr. Außerdem schaltet er sich auch selbst immer gerne wieder mal aus. Er hat nämlich ein eingebautes Thermostat und das misst nicht die Temperatur im Raum, sondern die Luft, die aus dem Heizlüfter kommt. Das geht dann so: Der Heizlüfter heizt etwa 30 Sekunden lang und heult dabei ganz laut. Dann geht er aus. Himmlische Stille. Nach 30 Sekunden geht er wieder an. Lautes Heulen. Und so weiter. Am Ende haben wir uns gesagt, dass Kälte gar nicht *so* schlimm ist. Die Gemeinschaftsdusche dort funktionierte übrigens so ähnlich.

Aber bevor wir Duschen gingen, haben wir geschlafen und davor waren wir in einem Pub, um was zu trinken. Das macht man in Irland immer so.

Aber nach all dem Trinken und Schlafen haben wir dann am Ende halt geduscht. Das war ziemlich gefährlich. Wegen dem an- und ausgehen. Mal kam aus der Dusche eiskaltes Wasser, mal war es brühend heiß. Man musste dafür an nix drehen, das funktionierte von alleine. Es erinnerte fast ein bisschen an die Straße, wo die Autos einfach so den Berg hoch rollen. In der Mitte zwischen kalt und heiß war das Wasser okay. Dann konnte man sich für ein paar Sekunden unter die Dusche stellen.

In Wicklow hatten wir wieder ein richtiges B'n'B. Da gab es eine Art Visitenkarte, wo draufstand, man hätte von dort aus einen wunderschönen Blick auf die Wicklow Bay. Bay bedeutet in etwa so viel wie ganz viel Wasser an einer Stelle, aber wir haben keines sehen können. Wir waren aber auch nicht oben auf dem Dach, und das Frühstück war gut, und das ist ja auch nicht schlecht.

Als wir am Wasser standen und einen Leuchtturm bewunderten, wurde Eduard übrigens von einem Hund angefallen. Er hat ihm nichts getan. Also, Eduard hat dem Hund nichts getan, und der Hund hat Eduard sowieso nichts getan, denn es war ein Golden Retriever. Er hat sich nur an ihm aufgerichtet, um zu zeigen, dass er fast so groß ist wie Eduard, und Eduard hat sich gefreut, weil der Hund ihn offensichtlich mochte.

Heute ist es passiert. Wir sind in die Wicklow Mountains gefahren und es schneite! Unvorstellbar! Schnee in Irland! Es war nicht viel. Keine geschlossene Schneedecke, nur eine Handvoll Schneeflocken, aber im Autoradio hörten wir, der Flugverkehr von und nach Dublin sei komplett eingestellt worden. Da, wo wir waren, hätten wir davon ja sowieso nichts mitbekommen. Wir waren ganz unter uns. Eduard, ich und ein paar Schafe. Eduard wollte sie gerne fotografieren, wie sie so schön malerisch auf der Weide standen. Aber er musste die Batterie von seinem Apparat erst einmal für eine Weile in seine Hosentasche stecken. Wegen der Kälte. Und als er dann so weit war, standen die Schafe im Halbkreis vor ihm. Sie dachten wohl, sie würden was zu fressen kriegen. Und das war irgendwie gar nicht malerisch. Eduard hat sie trotzdem fotografiert. Besser als gar keine Schafe.

Wir sind seit gestern wieder zurück. Um uns eine Freude zu machen, hat Fiona sogar den Weihnachtsbaum im Wohnzimmer stehen gelassen. Dabei wird der sonst an

Little Christmas, das ist der 6. Januar, abgetakelt und weggeräumt.

Eduard und ich waren froh, unsere Rundreise glücklich geschafft zu haben. Wir saßen mit Fiona und Brendon vor dem Kamin, tranken Bier und gerieten so richtig in eine melancholische Stimmung. Brendon erklärte uns, dass Irland sich verändert. Früher wäre es selbstverständlich gewesen, dass das Betreten von Privatgrundstücken jedermann freistand. Wenn man zum Beispiel beim Angeln – Brendon ist ein begeisterter Angler! – an einem Fluss entlang zog, stand man manchmal auf dem privaten Grund und Boden von Leuten und niemand störte sich daran, dass man dort angelte. Aber jetzt würden immer mehr Deutsche nach Irland ziehen. Und sie würden ihr Land einzäunen und Schilder mit *Betreten verboten!* aufstellen. Das fänden die Iren ganz seltsam.

Wir waren ganz stolz, dass Brendon uns das erzählte. Das zeigte, dass wir in seinen Augen keine typischen Deutschen sind, sondern schon fast halbe Iren. Wir haben dann zu seinen Worten auch ganz verständnisvoll genickt. Erst als ich im Bett lag, kurz vorm Einschlafen, fragte ich mich, ob wir uns nicht geirrt hatten. Vielleicht hatte Brendon einfach nur die Gelegenheit genutzt, zwei von diesen blöden Deutschen mal seine Meinung sagen zu können. Bevor ich mich für die eine oder die andere Alternative entscheiden konnte, schlief ich dann aber ein.

Paddy hat uns heute in eine Kneipe mitgenommen, wo sie einen Snookertisch hatten. Das hatten Eduard und ich noch nie gespielt, aber im Urlaub in England habe ich mal Snooker im Fernsehen gesehen. Das hatte mich neugierig gemacht. Poolbillard kennt man ja auch in Deutschland, aber das ist gar nicht so einfach. Ich dachte, Snooker ist einfacher. So sah es jedenfalls im Fernsehen aus.

Jedenfalls sind wir mit Paddy in dieses Pub. Im ersten Augenblick war ich schon beeindruckt von der Größe des Tisches. Paddy wusste auch, wie man beim Spiel die Punkte zählt. Für jede Kugel, die man einlocht, gibt es welche. Wenn es die richtige ist, sind es Pluspunkte. Wenn nicht, gibt es Punktabzüge. Die gibt es auch dann, wenn man gar nichts trifft. Eduard und ich hatten nur Minuspunkte. Immer mehr. Weil der Tisch so furchtbar groß war.

Abends wollten wir dann ganz spontan noch mal in ein Pub. Da war aber schon Sperrstunde. Also hat Brendon in einer Kneipe angerufen und gesagt, dass wir dann und dann da sein würden und ans Fenster neben der Tür klopfen. Das Pub war dunkel und sah ziemlich verlassen aus. Aber als Brendon geklopft hat, ging die Tür tatsächlich schon nach kurzer Zeit auf. Wir waren auch nicht die einzigen Gäste. Ich weiß aber nicht, ob die anderen auch geklopft hatten oder ob sie einfach nur geblieben waren, als die Kneipe geschlossen wurde. Jedenfalls schmeckt Bier, das man nach Beginn der Sperrstunde ordert, noch mal so gut. Das sehen die Iren vermutlich auch so, weshalb es da immer noch so voll war. Die Iren können nämlich ganz schön schnell trinken. Da macht ihnen keiner was vor! Die hätten auch locker rechtzeitig fertig werden können.

Heute noch ein letztes irisches Frühstück. Eduard bekommt wieder Cornflakes und ich Porridge. Dann ab zum Flughafen. Da stecke ich diesen Brief ein. Ich bin natürlich längst bei Dir, wenn er ankommt.

Das Märchen vom besonderen Weihnachtsgeschenk

Noch einmal schweifte Konrads Blick über die verschneite Stadt im Tal, deren Silhouette beherrscht wurde von den vier Türmen des Doms und jenen beiden des Klosters Michaelsberg. Dann machte er sich auf den Heimweg, denn es war schon vier Uhr, und er wollte vor Anbruch der Dunkelheit wieder unten in Bamberg sein. Sein Weg führte ihn zwischen kahlen Laubbäumen hindurch, deren düsteres Grauschwarz jetzt aber von weißem Glitzern verhüllt wurde, und später an verschneiten Wiesen entlang.

Bald standen links und rechts seines Weges Häuser. Inzwischen war die Sonne untergegangen, es wurde immer kälter, und gleichzeitig leuchteten immer mehr und mehr Fenster in die Abenddämmerung hinein. Konrad sah diese Fenster mit einer sonderbaren Ergriffenheit. Er erhaschte kleine Ausschnitte der Wohnungen hinter den Fensterscheiben, das eine oder andere Mal konnte er sogar Weihnachtsbäume sehen, an denen Kerzen, echte oder künstliche, brannten, und er stellte sich das Leben vor, dass dort im Licht und in der Wärme der festlichen Stuben vor sich gehen mochte. Das stimmte ihn ein wenig traurig, aber es erfüllte ihn auch mit der frohen Gewissheit, dass das, wonach er sich sehnte, irgendwo existierte, irgendwo hinter irgendeinem der Fenster.

Es war das erste Mal, dass er Weihnachten allein verbrachte und nicht in Kiel bei seinen Eltern. Morgen Abend würde das Orchester ein Konzert geben. Das durfte er nicht versäumen, auch wenn er nur eine von mehreren zweiten Violinen war. Niemand in einem Orchester war so unbedeutend, dass man auf ihn verzichten könnte, sagte er sich. Dann dachte er an Machiko, die kleine Japanerin, eine von den ersten Violinen. Vielleicht würde sich nach dem Konzert eine Gelegenheit ergeben, ein paar Worte mit ihr zu wechseln. Er mochte ihr Lächeln, das immer so viel Freundlichkeit ausstrahlte.

Als er ans Residenzschloss gelangte, warf er wie immer einen bewundernden Blick auf das Alte Rathaus. Jetzt noch ein paar Hundert Meter am Kanal entlang, dann war er fast am Ziel, jenem Haus am Schillerplatz, wo er bei der Witwe Steinhauer zur Untermiete wohnte. In den beiden unteren Stockwerken des überaus schmalen Gebäudes lebte der alte Warmuth, ehemals Trompeter, mit seiner Frau, darüber die Steinhauer und Konrad hatte die beiden Zimmer unterm Dach.

Das eine war ein kleines Zimmerchen mit einem Mansardenfenster zum Schillerplatz hin. Die Möbel, die der Steinhauer gehörten, waren alt und unansehnlich. Einziges Schmuckstück im Raum war Konrads Geige auf einem Ständer nicht weit vom Fenster und daneben eine Notenablage mit der zweiten Violinstimme von Bruckners achter Sinfonie. Die sollten sie morgen Abend aufführen. Vielleicht wäre es ratsam, heute noch ein wenig zu üben, überlegte Konrad, aber diesen Gedanken verwarf er gleich wieder. Das würde Frau Steinhauer nicht gefallen. Nicht am Heiligabend.

Es war lausig kalt. Der Raum wurde durch einen Lüftungsschacht von unten geheizt, aber nur so lange, wie die Steinhauer ihre Heizung nicht herunter drehte. Diese geizige Alte. Konrad hielt inne. Vielleicht wollte sie heute früh zu Bett gehen. Sie war ja auch ganz allein und hatte niemanden, mit dem sie Weihnachten hätte zusammen feiern können.

Er setzte sich an den Tisch, auf dem eine Vase mit ein paar Tannenzweigen stand. Diese Zweige, eine Kerze und eine Schale mit Nüssen und zwei Orangen waren alles, was wenigstens ein bisschen an Weihnachten erinnerte. Er zündete die Kerze an und begann eine der Orangen zu schälen. Für einen Moment schloss er die Augen, um den erfrischenden Duft der Frucht zu genießen. Dann summte er leise ein Weihnachtslied.

Erst als er die Orange aß, merkte er, wie hungrig ihn die lange Wanderung gemacht hatte. Er wollte sich von unten aus der Küche etwas zu essen holen. Die Küche von Frau Steinhauer durfte er mitbenutzen, denn er hatte hier oben ja nur ein Wohn- und ein Schlafzimmer. Erst einmal ging er jedoch nach nebenan, um seine klobigen Wanderschuhe gegen ein Paar Pantoffeln zu tauschen.

Als er dort Licht machte, fuhr ihm der Schrecken in die Glieder. Viel fehlte nicht, und er hätte gar aufgeschrien. Dann fasste er sich und fragte das Mädchen, das dort am Fenster stand:

„Wer sind Sie? Was um alles in der Welt haben Sie hier zu suchen? Wer hat Sie hereingelassen? Frau Steinhauer?"

„Ich bin Donatina, aber du kannst Tina zu mir sagen. Die Frau Steinhauer, ist das die furchtbare Alte, die unter dir wohnt? Nein, die hat mich nicht bemerkt."

Tina lächelte ihn an und neigte den Kopf dabei zur Seite. Sie mochte ungefähr so alt sein wie er, hatte einen kecken, blonden Bubikopf und leuchtend blaue Augen. Unter anderen Umständen hätte Konrad sich möglicherweise auf der Stelle in sie verliebt. Jetzt aber beunruhigte ihn ihr Erscheinen nur.

„Was wollen Sie hier?"

„Ich bin ein Geschenk. Ein Weihnachtsgeschenk. Für dich."

Sie sagte es mit einer Selbstverständlichkeit, die Konrad fürchten ließ, irrezuwerden. Oder es schon zu sein.

„Was wollen Sie damit sagen? Menschen sind doch keine Geschenke."

„Doch, manchmal schon. Hast du noch nie jemanden sagen hören: ‚Du bist ein Geschenk des Himmels.'?"

„Ja, aber das war dann ja nur im übertragenden Sinne gemeint."

„Mag sein, aber ich bin wirklich ein Geschenk."

„Ach, nun hören Sie doch mit dem Unsinn auf. Sagen Sie, was wollen Sie hier?"

„Im Augenblick habe ich einen ziemlichen Hunger. Hast du außer den Orangen und den Nüssen noch was anderes zu Essen da?"

Er sah Tina entgeistert an, aber dann fiel ihm wieder ein, wie hungrig er selbst war.

„In der Küche. Ich wollte gerade nach unten, mir mein Abendbrot holen."

„Reicht es auch für uns beide?"

„Ja, das schon. Aber ..."

„Dann mach schon. Bevor ich vor Hunger sterbe."

„Na gut. Warten Sie hier."

Er stieg die knarrenden Stufen hinunter. Frau Steinhauer war weit und breit nicht zu sehen. Schnell raffte er in der Küche alles für das gemeinsame Abendessen zusammen. Nicht dass ihm die Steinhauer dazwischen kam und wissen wollte, warum er zwei Teller, zwei Gläser und so weiter aus der Küche holte. Glücklich gelangte er mit seinen Schätzen nach oben.

„Du, Konrad", empfing ihn Tina. „Wo ist denn hier das Örtchen?"

„Unten. Gegenüber der Küche."

„Danke."

Sie machte Anstalten, nach unten zu gehen.

„Um Gottes willen! Wollen Sie wohl hierbleiben!" rief Konrad so laut, wie er zu rufen wagte. „Wenn die Frau Steinhauer Sie sieht."

„Ja und?"

„Sie schmeißt mich raus."

„Ach Unsinn, ich muss jedenfalls mal. Und hör endlich auf, mich zu siezen."

Konrad stand bereits der Angstschweiß auf der Stirn. „Na gut. Aber ich gehe vor und schaue, ob die Luft rein ist, und dann gebe ich Ihnen ein Zeichen ... dir, wollte ich sagen."

Konrad versucht möglichst lautlos die knarrenden Stufen hinunter zu steigen, aber er war noch nicht weit gekommen, als er Licht in der Küche bemerkte. Es war nämlich so, dass die Küche nur ein Fenster hatte, und zwar zum Treppenhaus hin. Konrad sah, dass Frau Steinhauer gerade daran ging, ihr schmutziges Geschirr abzuwaschen. Er blieb stehen und wollte Tina ein Zeichen geben, oben zu bleiben, aber das Knarren der Stufen verriet ihm, dass sie einfach mir nichts, dir nichts hinter ihm her kam. Und jetzt hatte auch Frau Steinhauer etwas gehört und sah ihn mit strenger Miene an. Wenn er jetzt nicht zu ihr ging und ihr frohe Weihnachten wünschte, würde er Ärger bekommen. Verzweifelt versuchte er Tina zu warnen, aber er ahnte, dass das sinnlos war. Er eilte in die Küche, um so zu verhindern, dass Frau Steinhauer weiter durch das Fenster ins Treppenhaus schaute.

Er wünschte ihr ein frohes Fest und versuchte dann verzweifelt, ihre Aufmerksamkeit zu fesseln.

„Ist heute nicht wieder ein schöner Heiliger Abend? Haben Sie es auch schön? Ich habe Sie noch gar nicht singen gehört." Er lachte etwas gekünstelt, während er aus den Augenwinkeln heraus sah, wie Tina am Fenster vorbei ging. „Singen Sie nicht gerne Weihnachtslieder?"

Frau Steinhauer wollte etwas antworten, aber Konrad ließ sie nicht zu Wort kommen.

„Natürlich singen Sie auch sehr gerne. Wie wäre es mit *Süßer die Glocken nie klingen?*"

Er begann zu singen, während er gleichzeitig das Läuten der Glocken pantomimisch darstellte. Frau Steinhauer sang aber nicht mit, sondern sah nur verblüfft und mit offenem Mund zu, wie Konrad singend durch die Küche wirbelte, als wäre er von Sinnen.

Der spielte dabei mit dem Gedanken, sich selbst zu ohrfeigen. Warum hatte er kein Lied mit mehr Strophen gewählt? *Vom Himmel hoch* oder so. Aber als er bei der dritten und letzten Strophe angekommen war, sah er erleichtert Tina am Küchenfenster vorbei gehen.

Konrad simulierte einen Hustenanfall, um das Knarren der Treppe zu übertönen.

„Ach, was gibt es Schöneres, als am Heiligabend gemeinsam Weihnachtslieder zu singen. Leider sind meine Stimmbänder heute etwas gereizt. Das muss am Wetter liegen. Also, dann noch einen schönen Abend, liebe Frau Steinhauer." Und damit machte sich Konrad auf und davon.

Er fand Tina im Schlafzimmer. Sie hatte das Licht gelöscht und stand am Fenster und starrte in die Dunkelheit hinaus. Es war eine mondlose Nacht, aber dank des Schnees reichte das Licht der Sterne, um in der Ferne den Altenburger Berg, das Ziel von Konrads heutiger Wanderung, schemenhaft ausmachen zu können.

„Fürchtest du dich auch vor der Dunkelheit?", fragte Tina.

Konrad sah sie überrascht an. „Aber in dieser heiligen Nacht fürchtet man sich doch vor nichts."

„Wenn du meinst." Sie zuckte die Schultern. „Dann lass uns jetzt was essen."

Sie gingen ins Wohnzimmer hinüber und setzten sich an den Tisch, wo Brot und Käse, ein wenig kalter Braten und Wein und Wasser auf sie warteten. Sie aßen eine Weile schweigend. Konrad überlegte, ob er noch einmal fragen sollte, woher und warum sie zu ihm gekommen sei, aber er hatte ein wenig Angst vor der Antwort. Nach all der Aufregung mit Frau Steinhauer zog er es vor, einfach ihre Anwesenheit hinzunehmen, vielleicht sogar ein wenig zu genießen, weil er den Heiligabend nun doch nicht allein verbringen musste.

Schließlich deutete Tina auf seine Geige, und auf ihre Frage hin erzählte er ihr, dass die Musik schon immer seine Leidenschaft gewesen sei, dass er schon als kleines Kind davon geträumt habe, Geige spielen zu lernen, dass er jetzt eine zweite Violine bei den Bamberger Symphonikern sei, und immer mehr und mehr erzählte er Tina. Er konnte sich nicht erinnern, jemals so viel über sich geredet zu haben. Und noch dazu zu einem völlig fremden Menschen.

Das Leuchten in ihren Augen verriet Konrad, dass Tina voller Interesse zuhörte. Als er an den Punkt gelangte, wo ihm nichts mehr einfiel, meinte sie: „Es ist wunderschön, wenn du von dir erzählst. Ich könnte stundenlang hier sitzen und dir zuhören."

Konrad senkte den Blick und hoffte, nicht zu erröten. „Bist du noch hungrig, oder kann ich die Sachen wieder in die Küche bringen?"

„Ich fühle mich sauwohl."

Beladen mit den Resten des Mahls und dem Geschirr schlich Konrad die Treppe hinunter in die Küche. Als er zurückkam, meinte Tina, sie würde jetzt gerne schlafen gehen. Vor diesem Augenblick hatte Konrad sich schon seit einiger Zeit gefürchtet. Es gab hier bei ihm doch nur ein Bett. Vorsichtig wies er Tina auf diesen Umstand hin, aber sie wischte seine Bedenken beiseite.

„Dein Bett ist doch breit genug für uns beide. Wir müssen uns nur ein wenig aneinander kuscheln."

Aber davon wollte Konrad nichts wissen. Er würde ihr das Bett überlassen. Da wäre noch eine alte Wolldecke, er würde mit dieser Decke auf dem Boden schlafen. Die Diskussion ging hin und her, Tina nannte ihn einen furchtbaren, alten Dummkopf, aber am Ende setzte Konrad sich durch. Tina legte sich in sein Bett, und ihrem ruhigen und langsamen Atem nach war sie auch im Nu eingeschlafen. Konrad hingegen lag lange wach, aber das lag keineswegs an dem harten Fußboden. Jung, wie er war, hätte er auch dort ohne Probleme Schlaf finden können. Nein, es war Tinas rätselhaftes Erscheinen, das ihn wach hielt. Und diese sonderbare Freude, die er empfand bei dem Gedanken an das merkwürdige Mädchen. Endlich schlief er doch ein, aber es war ein unruhiger Schlaf. Irgendwann erwachte er und sah zu seinem Bett hinüber. Trotz der Dunkelheit meinte er, erkennen zu können, dass das Bett leer sei.

Ein furchtbarer Schrecken fuhr ihm in die Glieder, und er stand sofort auf, um sich zu überzeugen. Das Bett *war* leer!

Im selben Augenblick hörte er eine Geige. Mitten in die Stille der Nacht hinein gespielt klang sie beängstigend laut. Wenn das die Steinhauer hört!, dachte er und stürmte in sein Wohnzimmer. Da stand sie, die Tina, und spielte auf seiner Geige.

„Bist du wahnsinnig geworden. Was machst du denn da?"

„Musik", antwortete Tina schlicht. „Ich konnte nicht mehr schlafen."

Wenn er nicht so aufgeregt gewesen wäre, hätte ihm auffallen müssen, wie gut sie spielte. Aber im Augenblick lähmte die Angst vor Frau Steinhauer seine Wahrnehmung.

„Geh wieder ins Bett."

„Aber nur, wenn du mit zu mir kommst. Sonst spiele ich weiter."

Konrad sah keinen anderen Ausweg, als einzuwilligen.

Obwohl das Bett nicht sehr breit war, versuchte er, eine Berührung Tinas unter allen Umständen zu vermeiden. Er war drauf und dran, aus dem Bett zu fallen, so nahe lag er an der Bettkante, und am Ende legte Tina doch einfach ihren Arm um ihn, und da gab er sich geschlagen und schlief ein.

Sie standen recht früh auf und hatten so das Glück, dass ihnen Frau Steinhauer nicht in die Quere kam. Erst als sie gefrühstückt hatten und zu einem Spaziergang aufbrechen wollten, hörten sie sie unten in der Küche rumoren.

„So ein Mist!", schimpfte Konrad. „Sie frühstückt immer in der Küche und dann hat sie das Treppenhaus im Blick. Ich kann nicht schon wieder Weihnachtslieder mit ihr singen."

„Sei doch nicht immer so ängstlich. Wir gehen einfach an ihrem Fenster vorbei."

„Du bist doch gestern unbemerkt hier reingekommen. Kannst du so nicht auch heute heraus?"

„Doch, das könnte ich." Sie zögerte einen Moment. „Aber dann kann ich nie wieder zu dir zurückkommen. Möchtest du das?" Und dabei sah sie ihn mit traurigen Augen an.

Konrad musste schlucken, denn ihm saß plötzlich ein Kloß im Hals.

„Nein, das möchte ich nicht. Aber wie kommen wir hier raus?"

„Geh nur schon vor und lass mich machen."

„Aber sie darf dich nicht sehen."

„Nein, das wird sie nicht. Sehen wird sie mich nicht."

Konrad hatte kein gutes Gefühl, als er die Treppe hinunter schlich, und tatsächlich, kaum hatte Frau Steinhauer ihn durchs Fenster hindurch erblickt, kam sie aus ihrer Küche gelaufen. Mit vor Zorn bebender Stimme machte sie ihm Vorhaltungen, weil er mitten in der Nacht Geige gespielt hätte. Konrad wies den Vorwurf voller Überzeugung zurück, ja, er schwor sogar bei Gott und allen Heiligen, nicht Geige gespielt zu haben, und das konnte er ja auch guten Gewissens. Und während sie sich noch gegenüberstanden, erklang ganz unerwarteterweise eine Geige. Frau Steinhauer sah Konrad verblüfft an.

„Ich glaube", meinte Konrad, selbst ein wenig überrascht, „also, es klingt, als wenn jemand in Ihrem Wohnzimmer Geige spielt."

Das Komische war, es klang wirklich so, und je näher die beiden der offen stehenden Wohnzimmertür kamen, desto eindeutiger wurde das. Aber kurz bevor sie das Zimmer betraten, brach das Spiel unvermittelt ab. Und dann standen sie im Wohnzimmer, und es war keine Menschenseele da. Frau Steinhauer war sprachlos, und Konrad fiel auch nichts Besseres ein, als zu sagen: „Einen schönen Weihnachtsbaum haben Sie." Die Steinhauer sah ihn an, als hätte er in einer ihr unbekannten Sprache geredet.

Als Konrad endlich das Haus verließ, stand Tina da und lachte ihn vergnügt an.

„War das Zauberei?", fragte er.

„Nein, du Dummkopf. Denk doch mal ein bisschen nach."

Konrad konnte sich die Sache mit der Geigenmusik zwar nicht erklären, aber er ließ sich nicht die gute Laune verderben. Es war Weihnachten und alle Menschen, die ihnen begegneten, waren guter Dinge, und als es dann auch noch zu schneien begann, lieferten die beiden sich eine Schneeballschlacht. Zu Mittag aßen sie in einer Gaststätte in der Altstadt nicht weit vom Dominikanerkloster. Eigentlich konnte er sich so eine Ausgabe, für zwei dort zu bezahlen, gar nicht leisten, aber er tat es selbstverständlich trotzdem, denn er sagte sich, dass Tina möglicherweise aus einer besseren Welt kam, in der es gar kein Geld gab.

Sie wanderten den Nachmittag hin und her durch Bamberg, bis es für Konrad Zeit wurde, seine Geige zu holen und zur Konzerthalle zu gehen. Tina hätte den Auftritt gerne miterlebt, aber er erklärte, es wäre restlos ausverkauft. Das stimmte nicht. Nur fürchtete er, ihre Anwesenheit im Publikum würde ihn so nervös machen, dass ihm ein Fehler nach dem anderen unterlaufen und er am Ende seine Stellung verlieren würde.

„Dann warte ich in der Wohnung auf dich", sagte Tina.

„Wie willst du denn da rein kommen?"

„Ich finde einen Weg."

Er machte im Konzert keine Fehler. Nicht einmal der Anblick der kleinen Machiko gegenüber bei den ersten Violinen konnte ihn heute aus der Ruhe bringen.

Erst auf dem Heimweg wurde er nervös. Was, wenn er nach Hause käme und Tina wäre nicht da? Er beschleunigte seine Schritte. Heute hastete er sogar am wunderschönen Alten Rathaus vorbei, ohne es eines Blickes zu würdigen. Endlich war er am Schillerplatz angekommen. Im Haus stürmte er, immer zwei Stufen auf einmal nehmend, in den dritten Stock. Im Wohnzimmer? Niemand. Im Schlafzimmer? Ein Schatten am Fenster. Er wollte Licht machen.

„Nicht, Konrad."

Alle Aufregung fiel von ihm ab, als er ihre Stimme erkannte. Er ging zum Fenster.

„Hast du wieder Angst? Vor der Dunkelheit?"

„Weist du, warum ich letzte Nacht nicht schlafen konnte?"

„Erzähl es mir."

„Ich habe geträumt."

„Aber du weinst ja."

„Na und? Ich habe von der Wilden Jagd geträumt. Dass sie mich holen wollen."

Wilde Jagd? Konrad überlegte. Waren das nicht die aus Webers *Freischütz*? Und dann fiel ihm ein, dass seine Großmutter felsenfest überzeugt gewesen war, man dürfe zwischen Weihnachten und den Heiligen Drei Königen keine Wäsche aufhängen. Eben wegen der Wilden Jagd.

„Du bist doch nicht etwa abergläubisch?"

Tina ging nicht auf seine Frage ein.

„Willst du mit mir fliehen? Wir beide gemeinsam?"

Konrad wusste nicht, was er antworten sollte. Dann blickte er in ihre Augen und sah in ihnen das Licht der Sterne glitzern.

Als sie am nächsten Tag bis Mittag nichts von Konrad gehört hatte, ging Frau Steinhauer hinauf und bollerte erst an der einen, dann an der anderen Tür. Alles blieb still, und sie stellte fest, dass ihr Untermieter fort war.

Ein Teufel

Es war im Mai des Jahres 1956 nach dem ersten richtig warmen Wochenende, als die Witwe Hartung aus Gremmelsbach auf der Wache erschien und erklärte, jemand habe ihrer Tochter Gewalt angetan. Im Februar während der letzten Fasnet sei es geschehen, und jetzt sei das Kind schwanger. Auf meine Frage, wer das denn getan habe, zuckte sie die Schultern und meinte, das wisse ihre Tochter nicht.

Ich kannte die Hartung vom Hörensagen. Ihr Mann, ihr erster Mann, war wegen seiner kommunistischen Umtriebe weit über Gremmelsbach hinaus bekannt gewesen und schließlich von der Gestapo geholt worden. Er kam nicht wieder zurück. Vielleicht war die Hartung darüber sogar erleichtert, denn die politischen Ansichten ihres Mannes wollten so gar nicht zu ihrem unbeirrbaren katholischen Glauben passen. Nach einigen Jahren hatte sie ein zweites Mal geheiratet, einen Witwer, dessen Frau im Juni 1943 beim großen Luftangriff der Briten auf Friedrichshafen ums Leben gekommen war. Die Ehe hatte nicht lange Bestand, denn der zweite Ehemann fiel an der Ostfront und die Witwe Hartung blieb mit zwei Kindern zurück: ihren Sohn aus der ersten Ehe und der drei Jahre jüngeren Stieftochter.

Vielleicht wären andere Menschen anders mit der Angelegenheit umgegangen, aber für die Hartung war der Gedanke, ihre Stieftochter zu einer Engelmacherin zu schicken, ein Graus. Die Anzeige der Vergewaltigung war ihr als gangbarer Ausweg erscheinen. So hoffte sie, könnte das Kind vor dem Getuschel der Dorfbewohner und ihren verächtlichen Blicken bewahrt werden. Auf meine Frage, warum sie das Mädchen nicht mitgebracht habe, meinte sie trotzig, sie habe mir alles erzählt, das Kind wisse auch nicht mehr.

Ich nahm mir vor, in den nächsten Tagen einmal nach Gremmelsbach zu fahren und selbst mit der Tochter zu reden. Eile schien nicht geboten zu sein. Die vermeintliche Tat lag immerhin schon ein Vierteljahr zurück.

Grete, so hieß die Stieftochter, war ein sonderbares Wesen. 17 Jahre alt war sie und ein ganz ansehnliches Mädchen. Sie hatte mittelblondes Haar mit einem leichten Stich ins Rötliche, dazu braune Augen, die oft unnatürlich weit offen standen und dann ins Leere starrten. Ich hatte den Eindruck, sie wäre mitunter mit ihren Gedanken woanders, in einer anderen Welt, ganz weit weg.

Es kostete mich einige Mühe, der Hartung beizubringen, dass ich mit dem Mädchen allein sprechen wollte.

Als Grete und ich endlich ungestört waren, erzählte sie mir ihre Geschichte, stockend und bruchstückhaft, ich musste immer wieder nachfragen. Das Reden war nicht Gretes Stärke.

Sie hatte in jenem Februar ihrer Stiefmutter die Erlaubnis abgerungen, am ersten Tag des närrischen Treibens in Triberg, dem *Schmutzige Dunschdig,* dabei sein zu dürfen. Georg Fröhlich, der Bruder der Hartung, wohnte mit seiner Frau und zwei Kindern, beides Mädchen, hier in der Hauptstraße. Die sollten das Mädchen unter ihre Fittiche nehmen, und bei ihnen sollte Grete auch übernachten. Dort bei den Fröhlichs hatte auch der Sohn der Hartung, seit er als Auszubildender bei Grieshaber im Stahlwerk untergekommen war, eine Kammer bezogen.

Die Fasnet fiel 1956 in die Mitte des Februars, und dieser Februar sollte als der kälteste Monat seit Menschengedenken in die Geschichte eingehen. Die Temperaturen blieben fast den ganzen Monat selbst tagsüber meist unter minus zehn Grad, aber auch Kälte und Schnee hielten die Menschen nicht vom Feiern ab. Ein Jahrzehnt nach Kriegsende ließen sie sich nicht mehr das Recht nehmen, ausgelassen feiern zu dürfen.

Das galt auch für Georg Fröhlich. Anders als seine Schwester war er kein Freund von Traurigkeit. Er und seine Frau stürzten sich also in den Fasnettrubel und überließen die jungen Leute sich selbst. Grete, ihr Stiefbruder und die beiden Töchter der Fröhlichs zogen auf eigene Faust los.

Von dem, was an diesem Nachmittag und Abend geschah, erzählte Grete nur in vagen Bildern, als hätte sie selbst alles nur wie durch einen Schleier gesehen. Die vier jungen Leute waren gemeinsam durch den Ort gezogen, waren hier und da auch in eine Wirtschaft gegangen, um sich vor der eisigen Kälte in Sicherheit zu bringen. Wie alle anderen hatten sie auch dem Alkohol zugesprochen. Manchmal hatten sie sich aus den Augen verloren, hatten sich anderen angeschlossen und waren sich dann irgendwo wieder begegnet.

Irgendwann habe sie sich allein in einer stillen Seitenstraße befunden und sei dort einem Hästräger begegnet. Ein Triberger Teufel sei er gewesen. Und der habe ihr Gewalt angetan. Ich war verblüfft, weil Grete mir das mit dürren Worten und ohne jede Gefühlsregung erzählte. Die großen braunen Augen waren an mir vorbei in die Ferne gerichtet. Sah sie wieder jenen Teufel vor sich?

Ich fragte sie, wo genau es passiert sei. Sie sah wortlos mit ihren großen braunen Augen in meine Richtung, aber ob sie mich tatsächlich sah? Ich fragte sie, ob sie meine Frage verstanden hätte, und sie bejahte mit einem scheuen Lächeln. Aber auf die eigentliche Frage, die nach dem Ort des Geschehens, konnte sie mir keine vernünftige Antwort geben. Er habe sie in irgendeine dunkle Ecke gezerrt, und dort sei es geschehen. Was sie danach getan hatte, daran konnte sie sich nicht mehr so genau erinnern. Sie sei wohl eine Weile durch den Ort geirrt, und irgendwann habe sie das Haus, in dem die Fröh-

lichs wohnen, erreicht. Dort habe sie nur Ilse, die jünge-
re der beiden Schwestern, angetroffen. Aber sie sei
gleich zu Bett gegangen. Nein, sie habe Ilse nichts von
dem Teufel erzählt und auch später niemandem. Auf
meine Frage nach dem Warum sah sie mich wieder nur
wortlos mit ihren großen Augen an.

Ich wusste nicht, was ich von der Sache halten sollte.
Hätte mir die Hartung nicht versichert, dass Grete ganz
ohne Zweifel schwanger sei, ich hätte die Geschichte von
der Begegnung mit dem Teufel für ein Hirngespinst des
sonderbaren Mädchens gehalten. Ich erinnerte mich,
dass auf jenen Donnerstag eine sogar für diesen kalten
Monat besonders eisige Nacht gefolgt war. Über 20 Grad
unter null. Und da sollte jemand unter freiem Himmel
…?

Aber natürlich blieb mir nichts anderes übrig, als der
Sache nachzugehen. Zuerst einmal wollte ich herausfin-
den, wer denn überhaupt eine Teufelslarve mit dazuge-
hörigem Kostüm hatte. Ich wandte mich an den Triberger Zunftmeister.

Er erklärte mir, dass der Teufel erst seit wenigen Jahren keine Einzelfigur mehr sei und es inzwischen noch
nicht allzu viele geworden seien. Jedes Jahr habe der Vil-
linger Holzschnitzer Merz seit 1952 zwei neue Schemen
geschnitzt und gefasst. Zusammen mit dem uralten Ori-
ginal aus dem vorigen Jahrhundert seien es also jetzt elf
Teufel. Er konnte mir auch sagen, wer diese Teufel sind,
aber, so meinte er, am Abend des *Schmutzige Dunschdig*

habe sicher niemand seine Häs getragen. Das geschehe doch nur bei Umzügen. Unter den Namen, die ich notierte, war auch der von Gretes Stiefbruder.

Ich telefonierte mit Merz. Ob er tatsächlich nur zehn Teufelslarven für die Triberger gefertigt habe oder ob noch weitere existieren würden. Nein, die Zahl stimme. Er habe zehn solcher Masken geschnitzt. Allerdings habe er entgegen seiner sonstigen Gewohnheit nicht alle selbst fassen können. Die zehnte habe er noch kurz vor der letzten Fasnet geschnitzt, aber dann habe ihn die Grippe gepackt. Auf Drängen der Triberger Zunft habe er den Rohling einem Triberger Fassmaler, dem Buntmann, überlassen. Ob der rechtzeitig zur Fasnet mit der Bemalung der Teufelslarve fertig geworden sei, wisse er nicht.

Also machte ich mich auf den Weg zu Theo Buntmann, denn er wohnte nicht weit von unserer Wache an der Straße Richtung Schonach. Er war ein alter Sonderling, ein Hagestolz, dem die Kriegerwitwe Lustenau den Haushalt führte. Die beiden wohnten in ein und demselben Haus. Er hatte unten seine Werkstatt und seine Wohnung und sie darüber die ihre. Sie war so großzügig bemessen, dass die Lustenau ihr bescheidenes Einkommen gerne ein wenig aufbesserte, indem sie eines ihrer Zimmer vermietete, an durchreisende Handelsvertreter oder wer auch sonst immer an ihre Tür klopfte und das nötige Kleingeld hatte.

Buntmann bestätigte, dass er eine der Teufelslarven gefasst hatte. Weil der Merz die Grippe gehabt hätte. Es sei ihm gar nicht leicht gefallen, die Maske so zu bemalen, dass sie von denen Merzens nicht zu unterscheiden war. Für den Umzug sei sie rechtzeitig fertig geworden, aber er habe sie erst am Tag nach dem *Schmutzige Dunschdig* dem Franz Pfaff geben können. Ihn konnte ich also von meiner Liste streichen. Blieben noch zehn Männer übrig, ehrbare Bürger aus Triberg und den umliegenden Dörfern.

Nach und nach arbeitete ich die Liste ab. Was ich erfuhr, brachte mich nicht voran. Nur bei dem, was mir der alte Georg Mager, der Friedhofsgärtner, eigentlich nur so nebenbei erzählte, wurde ich ein wenig hellhörig. An Donnerstag Abend, so berichtet er, sei er im Gasthof Schwanen gewesen. Daran könne er sich noch sehr gut erinnern, weil dort der Theo Benz, der Hartung ihr Sohn, mit dem Fremden aneinandergeraten sei. Kleine Rangeleien kämen in Wirtshäusern ja immer wieder mal vor, gerade auch zu vorgerückter Stunde, und wenn der Alkohol reichlich fließt. Aber hier ging es richtig zur Sache. Man hatte große Mühe gehabt, die beiden Streithähne zu trennen. Worum es bei der Schlägerei gegangen sei? Das habe er nicht mitbekommen. Sicher um irgendein Mädchen, wie immer, wenn die jungen Burschen die Fäuste schwingen. Wenn ich Genaueres wissen wolle, müsste ich mich bei den jungen Leuten erkundigen, mit denen die beiden vorher an der Musikbox herumgelungert hätten. Den Fremden? Nein, den habe er zuvor nie gesehen. Der sei dann auch nicht mehr lange im Schwanen geblieben. Er nannte mir noch die Namen von einigen aus der Clique der jungen Leute.

Ich versuchte mein Glück bei Hanns Staiger, der nicht weit von hier im Rathaus eine Lehre machte. Ja, an den Streit konnte er sich gut erinnern. Der Fremde habe sich an die Grete rangemacht, und das habe dem Theo gar nicht gefallen. Hanns hatte spitzbübisch gelächelt. Und er habe sich damit nicht als Beschützer seiner Schwester aufspielen wollen. Sie sei ja nur seine Stiefschwester, und der Theo sei selber scharf auf sie. Das könne doch jeder sehen, der Augen im Kopf habe. Aber sie lasse ihn gnadenlos abblitzen. Um so wütender werde er, wenn jemand anderes ihr zu nahe kommt.

Er bestätigte, dass der Fremde kurz nach der Auseinandersetzung den Schwanen verlassen hätte. Nicht lange danach verschwand Grete in Richtung des Örtchens, aber sie kam nicht wieder. Sie musste den Schwanen über die Tür zum Hof verlassen haben.

Ich fragte Hanns, ob er sonst noch etwas Besonderes beobachtet hätte. Erst schüttelte er den Kopf, aber dann fiel ihm doch noch etwas ein. Nicht am Donnerstag sei das gewesen, sondern am nächsten Abend. Da hätten sie sich wieder im Schwanen getroffen, die ganze Clique. Die Grete sei nicht da gewesen. Und der Fremde auch nicht. Aber die Lustenau. Die habe den Theo Benz irgendwann beiseitegenommen und mit ihm geredet.

Worüber? Keine Ahnung. Aber der Theo sei hinterher wie vom Teufel besessen rausgestürmt und erst viel, viel später wieder zurückgekommen. Die Lustenau sei eine alte Schlange. Sie würde ständig Zank und Streit säen. Dann, als ich bereits im Gehen begriffen war, fiel Hanns noch etwas ein, nämlich, dass der Fremde bei der Lustenau gewohnt habe, und vielleicht hätten sie sich ja über den unterhalten.

Also ging ich wieder zum Haus des Buntmann zurück. Wegen des wunderschönen, schon fast sommerlichen Wetters genoss ich den Spaziergang die Hauptstraße wieder hinauf bis zum Fuß des Wasserfalls und dann nach rechts Richtung Schonach. Der Buntmann saß im Garten und rauchte sein Pfeifchen. Ich fragte ihn, ob die Lustenau zu Hause sei. Er sah mich erst etwas überrascht an, aber dann nickte er, und ich ging ins Haus zur Wohnung im ersten Stock hinauf.

Die Witwe Lustenau war Mitte dreißig und ein attraktives Weibsbild. Wenn sie hätte wieder heiraten wollen, wäre sie schon längst unter der Haube gewesen, aber sie hatte Gefallen an ihrer Freiheit gefunden, und der Hanns Staiger hatte schon recht. Ständig gab es ihretwegen ungute Stimmung im Ort. Mal geriet jemand in Schwierigkeiten, weil er sich mit ihr einließ, mal gab es böses Blut, weil sie jemanden, dem sie den Kopf verdreht hatte, auflaufen ließ. Und immer schaffte sie es, ihren Spaß zu haben und ungeschoren davon zu kommen.

Die Lustenau war gerade dabei, Wäsche zusammen zu legen. Sie ließ sich durch mich nicht bei ihrer Arbeit stören. Ich fragte sie nach dem Fremden, aber bekam nur nichtssagende Antworten. Am Tag vor dem *Schmutzige Dunschdig* sei er angekommen. Der Maier, der nicht weit vom Bahnhof wohnte, hatte ihm erzählt, dass er bei ihr ein Zimmer haben könne, also war er zu ihr gekommen. Er hatte bis zum Aschermittwoch bleiben wollen und im Voraus bezahlt. Aber er blieb nicht so lange. Er sei überstürzt abgereist. Er habe nicht einmal das zu viel bezahlte Geld zurückgefordert. Gleich am Tag nach dem *Schmutzige Dunschdig* sei er weg. Den Grund seiner hastigen Abreise? Nein, den habe er nicht genannt.

Ich fragte die Lustenau schließlich, worüber sie sich am Freitag im Schwanen mit dem Theo Benz unterhalten habe. Erst tat sie, als könne sie sich nicht daran erinnern, aber dann gab sie zu, dass sie ihn ein wenig gestichelt habe, weil der Fremde der Grete den Hof gemacht habe. Warum der Benz denn daraufhin erregt rausgelaufen sei, hakte ich nach, aber sie zuckte nur mit den Schultern. Woher solle sie das wissen?

Als ich ging, war mir klar, dass sie mir nicht die ganze Wahrheit erzählt hatte. Draußen saß der alte Buntmann immer noch auf seiner Bank. Ja, er könne sich an den Fremden erinnern. Zwei Nächte sei er bei der Lustenau geblieben. Er sei eigentlich nur zum Schlafen ins Haus gekommen. Nur am Abend des *Schmutzige Dunschdig*, da habe er ihn längere Zeit in seinem Zimmer rumoren gehört und später dann auch die Stimme des Fremden und die der Lustenau. Es sei kein richtiger Streit gewesen, aber schon ein heftiger Wortwechsel. Worum es gegangen sei, habe er aber nicht verstehen können.

Ich machte kehrt und sprach die Lustenau auf dieses Gesprächs an, aber als sie mit ihrer Antwort einen Moment zögerte, wusste ich, dass sie mir wieder eine Lüge auftischen würde. Sie wäre früher als geplant nach Hause gekommen. Sie hätte sich nicht wohlgefühlt. Möglicherweise hätte sie etwas Falsches gegessen. Sie hätte sich gewundert, den Fremden vorzufinden. Schließlich sei doch *Schmutzige Dunschdig* gewesen, das sollte ein junger Mann doch gehörig ausnutzen. Das hätte sie ihm gesagt. Er hätte über die Kälte geklagt, aber dann wäre er doch wieder aus dem Haus gegangen. Mir blieb nichts anderes übrig, als mich mit dieser Antwort zufriedenzugeben.

Mein nächster Besuch galt Ilse Fröhlich. Ich ließ mir von ihr erzählen, wie Grete auf sie gewirkt habe, als sie in der Nacht des *Schmutzige Dunschdig*, also nach der Vergewaltigung, nach Hause gekommen sei. Habe sie etwas erzählt? Habe sie verstört gewirkt? – Sie sei wie immer recht schweigsam gewesen und nein, überhaupt nicht verstört. Sie habe eher einen heiteren Eindruck gemacht, soweit die Grete zu so etwas überhaupt fähig sei. Aber sie habe sich schon sehr schnell ins Bett verkrochen.

Zu guter Letzt ging ich auch noch zum Theo Benz, aber das brachte mich keinen Schritt weiter. Worüber er am *Schmutzige Dunschdig* derart mit dem Fremden aneinandergeraten sei, dass der Streit am Ende sogar in einer Rauferei geendet habe? Man habe halt zu viel getrunken, dann habe ein Wort das andere gegeben, so gehe es halt manchmal zu. Ob sie über die Grete gesprochen hätten. Nein. Auf das Gespräch mit der Lustenau am darauf folgenden Abend angesprochen, tat er erst so, als könne er sich an nichts erinnern, bevor er zugab, dass sie über seine Stiefschwester geredet hätten. Und über den Fremden? Nein, über den nicht. Die Lustenau habe ihn nur ein wenig damit aufgezogen, dass die Grete ihm die kalte Schulter zeigen würde. Aber er habe sich darüber sehr geärgert und sei gegangen, um anderswo weiter zu feiern. Wo, könne er sich nicht erinnern.

Damit ist alles erzählt, was es zum Fall der Grete Hartung zu erzählen gibt. Mir erschien die ganze Geschichte mehr als unglaubwürdig. Ich versuchte, mir das Geschehen vorzustellen. Die bittere Kälte jener Nacht. Das Mädchen, das bei über 20 Minusgraden durch einsame Gassen spazierte. Den Täter mit der Teufelsmaske und dem hinderlichen, roten Kostüm. Und die Tat. Das alles ergab keinen Sinn.

Einige Wochen später, es war Mitte Juni, wurde nicht weit von dem Haus des alten Buntmann in einem Gebüsch eine Leiche gefunden. Die Untersuchung ergab, dass sie dort schon mehrere Monate gelegen haben musste. Der Tote, ein junger Mann, wies Blutergüsse und andere Verletzungen auf, auch am Kopf, aber die waren nicht die Todesursache. Nein, er war erfroren. Vielleicht hatte er zu viel getrunken und war in einer der furchtbar kalten Nächte im Februar dort eingeschlafen. Niemand wusste, wer er war, woher er gekommen war und wie er dort hingelangt war. Am Ende kam die Stadt für sein Begräbnis auf.

Der Frieden danach

Das Fahrzeug kroch mit weniger als 20 Stundenkilometern vorwärts, doch selbst bei dieser Geschwindigkeit wurden sie ordentlich durchgerüttelt. Der Feldweg war uneben und voller Schlaglöcher, und die Vollgummireifen federten sie kaum ab.

Näherten sie sich einer unübersichtlichen Kurve, zog der Mann am Steuer an einer Kette über seinem Kopf, und die Maschine gab ein durchdringendes Pfeifen von sich. Es kam ihnen aber nie etwas entgegen.

Die Landschaft zog langsam an Esmond vorüber, und sie erinnerte ihn an eine grüne, sich sanft in einer schwachen Brise wiegende Meeresoberfläche, die plötzlich erstarrt war. Zwischen den Büschen am Wegesrand konnte er manchmal einen Blick auf die Felder dahinter erhaschen. Selten sah er Getreide, meist war es Weideland. Oder waren es einfach nur brachliegende Flächen? Hin und wieder huschten kleine Dampfwölkchen, die die Maschine ausstieß, durch sein Blickfeld. Wenn der Fahrer die Maschine jedoch pfeifen ließ, wurden sie alle sekundenlang vom Wasserdampf eingehüllt, bis der Wind ihn vertrieb.

Er erinnerte sich, früher, als er noch klein war, solche Lastwagen, die mit Holz und Kohle betrieben wurden, gesehen zu haben. Er war nie mit einem gefahren. Später sah man sie kaum noch auf den Straßen. Als kurz nach Beginn des Krieges der Treibstoff rationiert wurde, hatte Civitella die beiden *Foden* Dampfwagen, die seit Jahren in irgendeinem Schuppen vor sich hin rosteten, wieder in Stand setzen lassen. Es galt, Benzin und Diesel wo immer möglich einzusparen. Also wurden die Pubs um Faversham herum nun wieder durch die altertümlichen Fahrzeuge, die Lokomotiven ähnelten, mit Bier aus Civitellas Brauerei beliefert. Daran hatte sich auch zwei Jahre nach Kriegsende nichts geändert. Kraftstoff war immer noch knapp, für private Zwecke streng rationiert, und Massimiliano Civitella betrachtete es als seine Pflicht gegenüber dem Land, dessen Bürger er geworden war, Sprit nicht sinnlos zu verschwenden.

Es waren fast zehn Kilometer vom Bahnhof in Faversham zum Haus der Civitellas. Esmond war dankbar, dass er den Weg nicht zu Fuß gehen musste, obwohl er dann mehr Zeit zum Nachdenken gehabt hätte. Wenigstens machte der ohrenbetäubende Krach der Maschine jeden Versuch einer Unterhaltung unmöglich. Er konnte also schweigend neben dem Heizer sitzen, ohne unhöflich zu wirken, und an Margherita denken.

Fast drei Jahre lang hatte er sie nicht gesehen. Da war noch Krieg gewesen und er war ein Soldat, der ein paar Tage Urlaub hatte. Er konnte sich kaum an jene Zeit zurückerinnern. Aber Margherita hatte er immer noch vor Augen. Die lebhafte, schlanke Person, die genau so aussah, wie man sich eine Italienerin vorstellt, mit dem ungezwungen Lachen und ihrer Wildheit.

Er konnte sich nicht erklären, warum er es so lange vermieden hatte, ihr wieder zu begegnen. Nach seiner Verwundung war der Krieg für ihn schnell vorbei gewesen. Erst wurde er aus dem Hospital und dann aus der Armee entlassen. Das war 1945 gewesen. Von da an hatte er sich treiben lassen. Er hätte nicht sagen können, wie er die Jahre verbracht, was er mit all seiner Zeit angefangen hatte. Anfangs hatte er immer wieder einmal Post von Margherita bekommen, aber er hatte nicht geantwortet. Dann waren ihre Briefe ausgeblieben. Eines Tages war es ihm plötzlich zutiefst zuwider gewesen, sinnlos in den Tag hinein zu leben. Er hatte Margherita geschrieben. Er hätte nicht sagen können, warum gerade das für ihn ein Schlussstrich unter die müßigen Jahre war. Und sie hatte geantwortet.

Der Dampfwagen erreichte das Dorf, und der Fahrer ließ den *Foden* vor dem *Three Horseshoes* ausrollen. Esmonds Begleiter unterhielten sich lachend mit dem Wirt, der auf den Lärm hin aus seinem Lokal gekommen war, und fingen an, Bierfässer abzuladen, während Esmond seinen Packen nahm, ihn über die Schulter warf und sich auf die letzten paar Hundert Meter machte, die ihn wieder aus dem Dorf heraus führten sollten und die er schon so lange nicht mehr gegangen war.

Er hätte sich gerne Zeit gelassen, aber am Himmel waren dunkle Wolken aufgezogen, die sich wohl schon sehr bald in einem Gewitter entladen würden. Tatsächlich erreichte er sein Ziel gerade rechtzeitig, bevor die ersten Blitze zuckten. Einzelne schwere Regentropfen fielen, aber sie wurden im Nu zu einem sintflutartigen Sturzbach. Esmond stand vor dem Eingang des Hauses. Dort war er vor dem Regen geschützt, und lange Zeit beobachtete er den Wolkenbruch. Blitze blendeten ihn und der krachende Donner ließ ihn zusammenzucken. Der Regen war so heftig, dass Esmond alles, was etwas weiter entfernt war, nur noch schemenhaft erkennen konnte. Endlich riss er sich von dem Anblick der entfesselten Naturgewalt los und klingelte. Es dauerte eine Weile, bis die Tür geöffnet wurde, und dann war es Margherita selbst, die vor ihm stand.

„Hallo Margie", sagte er. Er versuchte vergeblich zu lächeln.

Hatte Margherita den Bruchteil einer Sekunde gezögert, bevor sie ihn umarmte? Er konnte ihre Begrüßung nicht auf gleiche Weise erwidern, denn seine Rechte umklammerte immer noch den Gurt seines Packens. Sie zog ihn ins Haus und schloss die Tür hinter ihm.

„Wie schön, dass du fast trocken geblieben bist. Und das bei diesem furchtbaren Unwetter."

Esmond spürte die Frage, die in dieser Bemerkung mitschwang, aber er reagierte nicht darauf. Beide betrachteten sich schweigend. Esmond sagte sich, dass sich ihr Äußeres in den Jahren kaum verändert hatte, aber er fragte sich, ob das auch für die Margherita unter der Oberfläche galt. Und er hätte gerne gewusst, was Margherita sah, während sie ihn betrachtete.

Grace Civitella kam hinzu und beendete ihr langes, gegenseitiges Taxieren.

„Bist du schon wieder an die Tür gegangen, Kind? Das gehört sich nicht. Was sollen die Dienstboten denken?"

„Aber es ist ja keiner von ihnen an die Tür gegangen. Frag Sonny, er war kurz davor, wieder zu gehen und nach London zurückzufahren." Margherita lachte.

Erst jetzt schien Grace ihn wahrzunehmen.

„Oh, tatsächlich. Esmond! Sie sind es. Willkommen. Nach so langer Zeit. Wie geht es Ihnen?"

Die beiden Frauen komplementierten ihn in den Salon.

„Sag Vater, dass Esmond da ist."

Grace nötigte ihn, Platz zu nehmen.

„O, dio mio! Der verlorene Sohn!", rief Massimiliano Civitella lachend aus, als er ihn sah.

Esmond bemerkte, dass er mit den Jahren recht korpulent geworden und das Haar ein wenig ergraut war.

Schließlich kam Ludovica, Margheritas kleine Schwester, hereingestürmt. Sie fiel Esmond um den Hals und setzte sich dann, so wie sie es früher immer getan hatte, auf seinen Schoß. Er ließ es geschehen, obwohl er fand, dass sie mit ihren elf Jahren dafür eigentlich zu alt war.

Er erinnerte sich an die Zeit, die sie hier verbracht hatten, die vier Krieger. George, Margheritas Bruder, war der eine, Billy, Danny und er selbst die anderen. Das war, als noch Frieden war, als sie noch zur Schule gingen. Keinen von ihnen hatte er in den letzten Jahren gesehen, von keinem etwas gehört.

Die Unterhaltung drehte sich um Belanglosigkeiten, während man herauszuhören versuchte, ob sich das Gegenüber in den Jahren verändert hatte. Als sich die Frage, wie es ihm gehe, unausweichlich näherte, kam er ihr zuvor, indem er nach George fragte. Es dauerte einen Moment, bis Civitella sich räusperte und sagte:

„Er hat sein Leben für sein Vaterland gegeben."

Esmond hätte gerne Bestürzung oder wenigstens Mitgefühl geäußert, aber die Worte, die so etwas früher ausgedrückt hatten, waren im Verlauf des Krieges zu oft wiederholt und durch diese ständige Wiederholung hohl und bedeutungslos geworden.

„Er ist letztes Jahr in Kanpur ermordet worden", sagte Grace, und Esmond spürte, dass es ihr schwerfiel, darüber zu reden. „Es war kurz nach dem *Großen Morden von Kalkutta*. Ein fanatischer Mohammedaner hat ihn getötet. Aus Hass auf die Briten."

Esmond sagte immer noch nichts.

„George tat immer noch Dienst in der RAF", sagte Civitella, und dann fuhr er in feierlichem Ton fort: „Mein Sohn ist für sein Vaterland gefallen."

Grace blickte zu Boden, dann sagte sie leise:

„Warum sollen wir Esmond etwas vorspielen? Wäre er nicht auf diese Weise ums Leben gekommen, hätten sie ihn angeklagt, vor Gericht gestellt und mit Schimpf und Schande davon gejagt."

„Warum sagst du das? Sie haben ihm das DFC verliehen für Tapferkeit vor dem Feind. Er war ein Held."

„Das war im Krieg."

Esmond legte seinen Arm um Ludovica, so als wolle er sie vor dem schützen, worüber die Erwachsenen redeten. Es fiel ihm immer schwerer, das Gerede von Menschen zu ertragen, die das nicht erlebt hatten, was die Soldaten an der Front durchlitten hatten.

„Du weißt, dass er sich von den Meuterern hätte fernhalten sollen. Er war schließlich Offizier."

„Entschuldigen Sie, Mrs Civitella." Esmond konnte nicht länger schweigen. „Sie reden von den Streiks bei der Luftwaffe, nicht wahr? Haben Sie denn kein Verständnis für die Soldaten dort, die endlich nach Hause wollten? Der Krieg war aus, der Gegner besiegt. Alle hatten die Schnauze voll vom Kämpfen." Esmond zögerte weiterzusprechen, aber dann tat er es doch. „Wir sind gegen die Faschisten in den Krieg gezogen, und als die besiegt waren, wollten alle nach Hause. Die Regierung hat die Soldaten nicht aus Indien zurückgeholt. Fadenscheinige Ausreden hat man ihnen aufgetischt. Tatsächlich wollte man sie nur dortbehalten, um sie gegen die Inder einsetzen zu können. Damit Indien britisch bleibt."

„Dieser Attlee ist schuld!", brauste Civitella auf. „Immer diese Sozialisten."

„Aber du bist doch selbst vor den Faschisten geflohen, damals, als Mussolini an die Macht gekommen ist", meinte Grace kühl.

„Faschisten, Sozialisten, alles dasselbe." Civitella sah sich angriffslustig um und fuhr dann mit bebender Stimme fort: „Ich bin hier her gekommen und gerne Engländer geworden. Ich bereue es nicht. Warum musste es jetzt so kommen? Über zwanzig Jahre lang habe ich mich bemüht, ein guter Engländer zu werden. Ja, schaut mich an! Ich war ein Italiener und jetzt bin ich ein Engländer. Und ich lasse mir das jetzt nicht von Attlee kaputtmachen. Nicht von ihm und nicht von irgendwelchen anderen sozialistischen Spinnern. Die wollen ein neues England? Ein besseres England? Nicht mit mir! Ich sage: Nein! Nein, danke! Ich will, dass England bleibt, was es immer schon gewesen ist. Wir haben schließlich den Krieg gewonnen, oder? Was denn noch? Was will man denn noch?"

Civitella hatte sich immer mehr in Rage geredet. Jetzt hielt er erschöpft inne. Nur die kleine Ludovica traute sich, etwas zu erwidern.

„Margie sagt, dass es ein großes Glück für England ist, dass Mr Attlee gewählt worden ist, und sie sagt, dass er hoffentlich noch lange Premierminister bleiben wird."

„Halt doch den Mund, Lulu", zischte Margherita.

„Ihr werdet noch sehen, ohne Winston wird das Land vor die Hunde gehen. Es war ein großer Fehler, ihn abzuwählen."

„Sie haben recht, Sir. Man hätte ihm die Gelegenheit geben sollen, Blut, Schweiß und Tränen wieder aufzufeudeln."

Bevor Civitella etwas antworten konnte, ging Grace dazwischen.

„Lasst uns aufhören, über Politik zu reden. Am Ende fangen wir womöglich noch an, uns zu streiten. Erzählen Sie, Esmond, was haben Sie gemacht, seit man Sie aus der Armee entlassen hat? Wir haben so lange nichts von Ihnen gehört."

„Ja, erzählen Sie, Esmond", fiel Civitella ein. „Sie wollten doch Schauspieler werden, nicht wahr? Was ist daraus geworden?"

„Nichts."

Die anderen sahen ihn teils irritiert, teils erwartungsvoll an, aber Esmond blickte zu Boden und blieb bei dieser dürftigen Antwort.

„Lasst ihn doch erst mal hier richtig ankommen, bevor ihr ihn mit euren Fragen löchert", kam ihm Margherita zu Hilfe. „Komm, Sonny. Es hat aufgehört zu regnen.

Lass uns ein wenig in den Garten gehen. Und du, Lulu, du bleibst hier, verstanden?"

Die Luft hatte sich merklich abgekühlt. Der Wind jagte die Wolken unerbittlich vor sich her, aber für Augenblicke kam immer wieder einmal die Sonne heraus. Auf dem Kies standen hier und da kleine Pfützen. Esmond und Margherita bemühten sich, auf ihrem Weg zum Eibengarten keine nassen Füße zu bekommen.

Der Garten war von einer niedrigen Mauer umgeben und grenzte auf der gegenüber liegenden Seite an ein Waldstück. Die beiden gingen durch eine über zwei Meter hohe schmiedeeiserne Pforte, die offen stand, in die quadratische Anlage, in deren Zentrum auf einer erhöhten Ebene ein leerer Sockel stand. Niedrige Eibenhecken säumten die Fläche und teilten sie wiederum in vier gleich große Quadrate. Diese Hecken waren rechteckig zurechtgestutzt, jedoch ragten aus ihnen in regelmäßigen Abständen die absonderlichsten Gebilde als Zeugnisse eines vor Jahren tätig gewesenen gärtnerischen Gestaltungswillens heraus. Anfangs gingen die beiden außen auf einem schmalen Weg zwischen den Eiben und der Mauer entlang, dann näherten sie sich durch eine Lücke in der Hecke der Mitte und dem leeren Piedestal. Drei Stufen führten dort hinauf.

„Meine Mutter sagt immer, dies sei der Altar für den unbekannten Gott, von dem Paulus spricht."

Sie setzte sich auf die mittlere Stufe, ohne darauf zu achten, dass der Stein noch immer vom Regen feucht war. Esmond folgte ihrem Beispiel. Sie ergriff seine Hand und studierte sie, als hätte sie noch nie in ihrem Leben die Hand eines Mannes gesehen. Und dann, als hätte die Hand ihr nicht verraten, was sie wissen wollte, fragte sie:

„Was ist los mit dir, Sonny?"

Esmond zuckte nur mit der Schulter.

„Ist es wegen deiner Verwundung?" Esmond antwortete auch jetzt nicht. „Kannst du nicht darüber sprechen? Sag doch etwas. Irgendetwas."

Sie saßen lange schweigend nebeneinander zu Füßen des leeren Piedestals.

Esmond betrachtete eine Pfütze auf dem Boden direkt vor ihm. Sie breitete sich vom Fuß der hellen Steinstufen bis in das Gras aus, wo sie sich verlor. Dieses Gras war dank des häufigen Regens in der letzten Zeit von einem saftigen Grün. Hier und da sah er Gänseblümchen und Löwenzahn, sogar Inseln aus Moos. Der Gärtner, erinnerte sich Esmond, war seinerzeit zum Kriegsdienst eingezogen worden, und es gab wohl noch keinen Ersatz. Eine Hummel schwebte nicht weit von ihm vorüber, und im selben Augenblick brach die Sonne zwischen den Wolken hervor.

„Findest du es nicht ein wenig unhöflich, auf keine meiner Fragen zu antworten? Nein, das findest du nicht?" Esmond registrierte ihre zunehmende Verärgerung. Er ahnte, was jetzt kommen würde. „Gut, dann reden wir nicht von deiner Verwundung. Du erzählst mir also nicht, dass dein schöner Traum, Schauspieler zu werden, ausgeträumt ist, jetzt, wo du nur noch ein gesundes Auge hast. Ich habe verstanden, für dich steht fest, dass du mit dem Glasauge nicht mehr Schauspieler werden kannst. So ist es doch, oder? Na gut, und was willst du jetzt machen? Jetzt, wo du aufgegeben hast? Nur noch dasitzen und dich selbst bemitleiden?"

„Dann wäre ich nicht hierher gekommen."

Margherita lehnte sich an ihn und ließ ihren Kopf auf seine Schulter sinken.

„Verzeih mir, Sonny. Ich habe dir wehgetan, nicht wahr? Das wollte ich nicht. Es tut mir leid."

Er zögerte einen Moment, dann legte er seinen Arm um sie.

„Das Schlimmste ist, dass ich nichts habe, woran ich mich festhalten kann. Alles, was vor dem Krieg wichtig war, ist kaputt, und jetzt ist alles leer. Es ist nichts mehr da."

Nach einer Weile richtete sich Margherita auf und löste sich ganz sanft aus Esmonds Umarmung.

„Es ist ungemütlich hier. Lass uns weitergehen."

Sie verließen den Eibengarten durch ein kleines, von einem Bogen mit drei spitzen Türmchen gekröntes Tor an der Seite und gingen dann außen an der Mauer entlang. Auch die Rabatten auf dieser Seite machten einen verwahrlosten Eindruck.

Sie gingen in Richtung des kleinen Wäldchens und dann zwischen den Bäumen durch weglose Wildnis. Hier war die Luft noch feucht, und immer wieder trafen sie Regentropfen, die langsam von Blatt zu Blatt, von Ast zu Ast herab fielen. Unter den Bäumen wuchsen hier und da Gräser und Farn und andere Pflanzen, deren Namen Esmond nicht kannte. Sie wanderten durch das niedrige Kraut und bald drang dessen Feuchtigkeit durch die Schuhe an ihre Füße.

„Habe ich dir von meiner Zeit in Newquay erzählt?"

Esmond überlegte, was jetzt wohl kommen würde. Natürlich wusste er, dass ihr Internat kurz nach Beginn des Krieges von Kent weg in das vor Luftangriffen sichere Cornwall evakuiert worden war. In einem Hotel hatte man die Schule untergebracht. Wer brauchte im Krieg schon Hotels?

„Das Hotel lag direkt an der Küste. Nur eine Straße trennte es vom Wasser. Wer Glück hatte, konnte von seinem Zimmer aus aufs Meer sehen."

Er wusste das alles, und er sagte sich, dass es ihr auch klar sein musste, dass er all das wusste. Er rätselte, warum sie ihm diese Dinge dennoch erzählte.

„Esmond McPherson, hörst du mir überhaupt zu?"

„Natürlich höre ich dir zu, Margie. Du hattest ein Zimmer mit Blick aufs Meer, oder?"

„Ja, aber das ist jetzt unwichtig. Ich muss mit dir über etwas anderes reden."

Dann schwieg sie eine lange Zeit.

„Ich habe dort Clifford kennengelernt." Ihre Worte trafen ihn wie ein Faustschlag. „Manchmal ging ich allein am Strand spazieren, besonders wenn das Wetter schlecht war. Alleine raus durften wir natürlich nicht, aber wer tut in der Schule nur das, was erlaubt ist? Eines Tages bin ich ihm begegnet. Es war an einem stürmischen Sonntagnachmittag im Spätsommer. Er war ein Verweigerer. Er musste auf einer Farm in der Gegend Dienst tun."

Weil sie schwieg und er das Gefühl hatte, etwas sagen zu müssen, meinte er: „Ausgerechnet ein *Conchie*!"

„Nimm in meiner Gegenwart nicht so hässliche Worte in den Mund."

„Früher hätte man Leute wie ihn eingelocht."

„Heute ist glücklicherweise heute und nicht mehr früher."

„Und?"

Margherita schwieg.

„Und? Willst du sagen, dass ihr was mit einander hattet?"

„Ja!" Ihr Zorn war nicht zu überhören. „Denkst du Idiot, es fällt mir leicht, darüber zu reden?" Sie atmete tief durch. „Wir sind uns damals näher gekommen. Zu nahe. Wenn du verstehst, was ich meine. Ich weiß, es ist furchtbar, so etwas eingestehen zu müssen. Ich habe das schließlich auch alles verinnerlicht, das mit der Treue gegenüber den Soldaten im Feld und so weiter. Aber es ist nun einmal passiert. Ich kann es nicht ändern. Also, jetzt weißt du es. Ich trage das jetzt schon so lange mit mir herum. Ich wollte es dir nicht schreiben, und ich konnte es dir nicht erzählten. Ich hatte ja keine Gelegenheit dazu."

Esmond war stehen geblieben.

„Und was bedeutet das für uns? Für unsere Zukunft?"

Er fasste ihren Oberarm und zog sie zu sich heran. Sie standen ganz nah vor einander und sahen sich an. Esmond spürte ihren Atem in seinem Gesicht.

„Sonny, du tust mir weh! Lass mich los."

„Ist es das, was du willst? Dass ich dich freigebe?"

Er spannte die Muskeln an, als wollte er ihren schlanken Oberarm zwischen seinen Fingern zerquetschen, aber als sie vor Schmerz aufschrie, ließ er sie sofort los.

„Entschuldige, Margie. Ich wollte dir nicht wehtun."

„Das hast du aber. Verdammt noch mal, was ist los mit dir, Sonny?"

„Was mit mir los ist? Was soll mit mir los sein? Ich habe das alles einfach satt. So furchtbar satt."

„Alles? Was alles?"

„Alles."

Sie gingen schweigend weiter durch den Wald.

„Du hast mir noch immer nicht gesagt, was das für uns bedeutet. Das mit deinem Verweigerer. Hat er jetzt meinen Platz eingenommen?"

„Rede in meiner Gegenwart nicht so abfällig darüber. Er war ein Verweigerer aus Gewissensgründen und das war sein gutes Recht. Was fällt dir überhaupt ein? Zwei Jahre lang hast du in London zugebracht und dich nicht gemeldet. Und jetzt tust du so, als wären wir miteinander verlobt. Oder gar verheiratet."

„Und?"

„Was und?", fragte Margherita irritiert.

„Ist es zwischen uns aus?"

Esmond hatte einen Ast vom Boden aufgehoben und begonnen, die Blütenstände von Pflanzen, deren Namen er gar nicht kannte, abzuhauen.

„Nein", sagte sie. Sie nahm ihm den Ast weg und warf ihn fort. „Lass uns jetzt zurückgehen."

Die glückliche Straße von einst

Gleichmütig ertrug sie heute die vielen Menschen, die sich um den Brunnen drängten, unbeschwert lachten und Münzen hineinwarfen, während Margherita auf der steinernen Bank nahe des Brunnens saß und sie beobachtete. Da waren junge Leute und ältere, kleine Grüppchen und Paare, Eltern mit Kindern. Vielen sah man auf den ersten Blick an, dass sie von weit her kamen.

Sie sah ein Pärchen, beide wohl in ihrem Alter, die unbekümmert den Augenblick auskosteten, und sie fragte sich, wie es wohl wäre, wenn Esmond jetzt hier bei ihr wäre. Einen Moment lang ließ sie das Gefühl des Alleinseins und der Trauer zu. Es fühlte sich an wie ein Kloß im Hals. Dann befreite sie sich davon, indem sie Zorn aufsteigen ließ.

Der Brunnen mit seinen mitten in der Bewegung erstarrten Meereswesen lag im prallen Licht der frühsommerlichen Mittagssonne. Wasser floss nicht nur in Kaskaden im Zentrum herab, sonders brach auch an anderen Stellen hervor, und indem es die Oberfläche des Beckens in ständiger Bewegung hielt, ließ es das Wasser im Sonnenlicht schimmern und glitzern, als bestünde es aus geschmolzenen Edelsteinen.

Margherita stand auf. Sie hatte sich an dem pulsierenden Leben rund um den Brunnen sattgesehen. Sie erinnerte sich, wenige Jahre nach dem Krieg mit ihren Eltern in Rom gewesen zu sein. Für ihren Vater war es nach 20 Jahren eine Rückkehr in seine Geburtsstadt, für sie und ihre Mutter der erste Besuch Roms. Einmal war ihr Vater mit ihr zum Campo Verano, Roms großem Friedhof, gefahren. Er wollte endlich das Grab seiner Eltern sehen. Heute, sagte sie sich, fühle auch ich dieses Verlangen.

Sie fragte einen Gemeindepolizisten, wo der nächste Taxistand sei, und ärgerte sich, dass der *Vigile Urbano* langsam und deutlich mit ihr sprach. Sie war stolz darauf, die Muttersprache ihres Vaters zu beherrschen, aber wegen ihres Akzents hatte er in ihr sofort die Ausländerin erkannt. Das tat auch der Fahrer des kleinen, gelben Taxis. Er hätte sie sonst sicher auf die Sondersendung angesprochen, die er gerade im Radio gehört hatte.

Sie saß auf der Rückbank und beobachtete den Verkehr und war froh, hier nicht selber fahren zu müssen. Sie erinnerte sich, dass der Friedhof außerhalb der aurelianischen Mauern lag, aber als der Wagen vor dem Campo Verano hielt, musste sie sich eingestehen, dass sie nicht bemerkt hatte, wann sie das antike Rom verlassen hatten.

Ihre Hoffnung, den Weg zum Grab der Großeltern zu finden, wurde schnell enttäuscht. Sie wanderte die Wege zwischen den Gräbern auf und ab, ohne einen Anhaltspunkt zu finden, wohin sie sich wenden müsste. Sie kam vorbei an pompösen Mausoleen, an mit Kreuzen und Figuren reich geschmückten Grabstellen und an Kolumbarien. Ihr gefiel die Ruhe und die friedliche Stimmung hier. Aber nach einiger Zeit fühlte sie sich fremd und fehl am Platz. Ihr wurde bewusst, dass sie im Grunde genommen keinerlei Beziehung zu den Eltern ihres Vaters hatte. Wegen des Krieges hatte sie sie nie kennengelernt. Sie verließ den Friedhof und ließ sich in die Innenstadt zu ihrem Hotel fahren.

Weil es für das Abendessen noch zu früh war, duschte sie, und später schaltete sie den Fernseher ein. Die Nachrichtensendung schlug sie sofort in ihren Bann. Ein italienischer Politiker namens Aldo Moro war ermordet worden. Sie erinnerte sich, dass er vor fast zwei Monaten entführt worden war. Sie sah die Bilder, die wahrscheinlich schon einige Dutzend Mal im Verlauf des Nachmittags gezeigt worden waren. Da war der R4 in einer engen Gasse – der Via Caetani, wie der Sprecher erklärte – mit dem offenen Kofferraum, in dem Aldo Moro in einer absurd verkrümmten Stellung lag, so, wie sie nur bei Toten möglich ist. Davor standen etliche Fotografen und machten Aufnahmen von der Leiche. Margherita war der Anziehungskraft der Bilder hilflos ausgeliefert. Dann folgten Filmaufnahmen aus einem Helikopter gemacht. Die zeigten eine Menschenmenge, die nur mühsam von der Polizei daran gehindert werden konnte, in die Via Caetani vorzudringen. Wieder ein Schnitt und man sah Schaulustige, ausnahmslos junge Männer, denen es gelungen war, in die Nähe des R4 zu gelangen. Etliche von ihnen waren außen an vergitterten Fenstern hochgeklettert, um einen Blick auf den Toten zu erhaschen. Dann wieder der Kofferraum des R4 und der tote Aldo Moro. Jetzt stand ein Priester davor, in vollem Ornat und mit einer feierlichen Geste machte er das Kreuzzeichen über der Leiche. Da ertrug sie den Anblick nicht länger und schaltete das Gerät ab.

Sie verließ das Hotel. Inzwischen war es Abend geworden. Nicht weit von ihrem Hotel, in der Nähe des Pantheons, hatte sie vor ein paar Tagen ein kleines Restaurant entdeckt, wo es ihr gefallen hatte und wo sie sehr gut gegessen hatte. Sie war heute erst zum dritten Mal dort, aber man begrüßte sie wie einen Stammgast und behandelte sie zuvorkommend. Während sie auf ihr Essen wartete, wusste sie nicht viel mit sich anzufangen. Sie beobachtete die anderen Gäste, aber ihr fehlte jemand, mit dem sie hätte reden können. Ob Esmond heute Abend mit *ihr* ausging?

Auf dem Weg zurück ins Hotel sprach ein junger Italiener sie an. Sie hatte keinen Zweifel an seinen Absichten. Mit freundlichen, aber bestimmten Worten wies sie ihn ab, aber auch jetzt verriet ihr Akzent sie, und der junge Mann wurde zudringlich. Ihr Herz klopfte vor

Aufregung, aber dann erinnerte sie sich an die italienischen Flüche und Schimpfworte, die sie von ihrem Vater gehört hatte. Nur von wenigen wusste sie, was sie eigentlich bedeuteten, aber jetzt ließ sie sie wahllos über den verdutzten jungen Italiener niederregnen und ging dann rasch weiter.

Wo die Verzückung weilt

Sie wandten dem Eiffelturm den Rücken und spazierten dann unterhalb der Straße am Ufer der Seine in Richtung der Île de la Cité. Esmond wollte seinen Arm um ihre Schulter legen, aber sie entwand sich ihm mit einer unmissverständlichen Bewegung, und so gingen sie von einander getrennt weiter.

„Paris, die Stadt der Verliebten", meinte Esmond mit sarkastischem Unterton.

„Bist du denn verliebt?"

„Möglicherweise."

Hermione lachte.

„Komm! Das weiß man doch. Wie sich das anfühlt. Oder warst du noch nie verliebt?"

„Du sprichst, als hättest *du* jedenfalls reichlich Erfahrung in dieser Hinsicht."

„Du versuchst schon wieder von dir abzulenken. Antworte! Ja oder nein?"

„Okay, ich bin verliebt. Zufrieden?"

Er sah sie an und wusste, dass sie ihm nicht glaubte. Jetzt nicht mehr. Vielleicht, wenn er sofort geantwortet hätte ... Er überlegte, ob er jemals verliebt gewesen war. Er dachte an Margie.

„Hast du Margie in letzter Zeit gesehen?", fragte Hermione, als hätte sie seine Gedanken erraten.

„Nein, sie ist in Rom. Schon seit einiger Zeit."

„Allein?"

„Keine Ahnung. Ich glaube schon. Es sei denn ..."

Als sie hinter der Solferinobrücke hervorkamen, tauchte am anderen Ufer die monumentale Fassade des ehemaligen d'Orsay-Bahnhofs auf.

"Sie wollen ein Museum aus dem alten Kasten machen", sagte Esmond.

„Ja?"

„Ja, wirklich. Ich habe es in der Zeitung gelesen. Was ist, wollen wir einen Kaffee trinken? Oder einen Wein?"

„Später."

„Was ist mit dir?"

„Nichts. Ich habe nur keinen Durst. Was meinst du? Ob sie mich jetzt hasst?"

„Wer?", fragte er überflüssigerweise.

Ohne auf seine Frage einzugehen, meinte sie nachdenklich: „Nein. Wir kennen uns ja kaum. Ich bin für sie nur irgendeine dumme, kleine Ehebrecherin. Wenn, dann bist du es, den sie hasst. Weiß sie, dass wir in Paris sind?"

„Nein, woher?"

„Ich hätte dir zugetraut, dass du es ihr sagst."

Esmond erwiderte nichts darauf.

Sie gingen schweigend weiter, bis sie die Île de la Cité mit dem schlanken, alles überragenden Vierungsturm von Notre-Dame sehen konnten.

„Weißt du, wie sehr ich dich begehre?"

Sie blieb stehen und musterte ihn mit krauser Stirn.

„Warum sagst du das?"

„Schmeichelt es dir nicht?"

„Von einem Mann begehrt zu werden, der mehr als doppelt so alt ist wie ich?"

Sie lachte. Es war ein offenes Lachen ohne jede Bosheit.

Esmond beobachtete das weiße Boot voller Touristen, das auf der Seine an ihnen vorbei in Richtung der Île de la Cité fuhr.

Sie gingen bis zur Pont des Arts, wo sie zur Straße hinauf stiegen und sich dann auf der anderen Straßenseite an einen Tisch vor einem Café setzten. Esmond bestellte für sich einen Pastis und für Hermione einen Espresso. Der Verkehrslärm machte eine Unterhaltung fast unmöglich. Esmond beugte sich zu ihr hinüber und sagte, er würde ein nettes Restaurant nicht weit vom Place de la Madeleine kennen, aber Hermione meinte, sie würde lieber im Hotel essen. Also gingen sie ins Restaurant des Regina. Hermione nahm als Vorspeise Gänseleber und als Hauptgericht Kalbsfilet. Dazu sollte Esmond eine Flasche Bollinger bestellen.

„Champagner auch zum Kalbsfilet?", fragte Esmond mit spöttischer Miene.

„Ja. Du darfst dich gerne weiter hinter irgendwelchen Konventionen verstecken. Ich trinke, was mir schmeckt."

Sie trank nur ein Glas von dem Champagner und rührte das Kalbsfilet kaum an.

Sie verzichteten auf ein Dessert und den Kaffee. Stattdessen ließ Esmond eine Flasche Whisky auf das Zimmer bringen.

Von dort aus konnte er über die Rue de Rivoli hinweg zum Tuileriengarten schauen, der um diese Tageszeit nur noch ein großer, düsterer Fleck war.

Esmond schenkte sich großzügig Whisky ein.

„Ich gehe zuerst ins Bad. Okay?"

Esmond nickte und gab einen Schuss Mineralwasser in den Whisky. Er setzte sich auf das Sofa und lehrte Schluck um Schluck sein Glas und füllte es wieder.

Schließlich kam Hermione zurück und sagte: „Das Bad ist jetzt frei." Dann entkleidete sie sich mit der Unbefangenheit eines Menschen, der sich allein und unbeobachtet fühlt.

Esmond rührte sich nicht. Er starrte schweigend die junge Frau an. Schließlich stellte er sein Glas mit lautem Klirren ab und stand auf.

Während er auf sie zukam, drehte sie sich zu ihm um, sah ihn an und sagte: „Mir ist es lieber, wenn du heute Nacht auf dem Sofa schläfst."

„Bist du verrückt geworden?"

„Nein, ich möchte es so, und ich erwarte, dass du das respektierst. Du hättest ein Zimmer mit zwei Einzelbetten nehmen sollen."

Esmond stand vor der nackten Frau und atmete hörbar.

Endlos lange Sekunden passierte nichts und keiner von beiden sagte etwas. Hermione lächelte unbefangen. Sie sah, dass Esmond Mühe hatte, sich zu beherrschen, und es schien, als würde sie überlegen, ob er sie wohl schlagen würde. Aber Esmond schloss für einen Moment die Augen, atmete noch einmal tief durch und ging ins Bad.

Kleine Mädchen, große Herzen

Sie fuhren mit dem Postbus nach Sonogno, um von dort das Verzascatal hinunter nach Lavertezzo zu wandern. James hatte darauf bestanden. George wäre lieber den Weg von Lavertezzo das Tal hinauf gegangen, aber nach den Erfahrungen vom Vortag hatte James das kategorisch abgelehnt.

Sie waren gestern von Locarnos Altstadt auf steilen Wegen zu ihrer Unterkunft oberhalb des Ortes aufgestiegen. James hatte es sich nicht so schlimm vorgestellt. Er verfluchte George dafür, dass er es vorgeschlagen hatte. Besser, sie hätten wie am Tag ihrer Ankunft den Bus genommen, denn die sogenannten Sentieri waren in Wirklichkeit keine Wege, sondern Treppen. Mal waren die Stufen hoch, mal flach, mal lange Abstände zwischen ihnen, mal kurze. Hin und wieder kreuzten diese Wege die Straßen, die sich von Spitzkehre zu Spitzkehre elegant den Abhang hinauf schwangen. Manchmal führte der Sentiero eine Weile parallel zum Abhang entlang.

Das war dann eine willkommene Erholung für James'
müde Beine und ein Spektakel für seine Augen, denn auf
diesen Abschnitten konnte er in die Ebene hinab sehen,
wo die Häuser Locarnos mehr und mehr Spielzeugwür-
feln ähnelten.

Die beiden Männer waren noch jung, aber während
George leichtfüßig voranschritt, hatte James mit seinen
über 100 Kilo Mühe zu folgen. Er hatte Kraft, aber die
steckte eher in den Armen, nicht in den Beinen. Seinen
schweren Körper Stufe um Stufe den Berg hochzuwuch-
ten, ohne dass die Quälerei ein Ende nehmen wollte,
machte ihm zu schaffen. Immer häufiger zog er sein Ta-
schentuch hervor, um sich das Gesicht und den Hals zu
trocknen. Dennoch brannte ihm immer wieder Schweiß
in den Augen. Für Georges begeisterte Rufe, die ihn auf
die kleinen Echsen aufmerksam machen wollten, welche
auf dem Weg oder den Mauern ihren Körper in der prallen Sonne aufheizten, hatte er keinen Sinn, zumal die
kleinen Biester, wie James sie nannte, sich längst in irgendeine Mauerspalte geflüchtet hatten, wenn er ange-
schnauft kam. James erreichte das Ziel schließlich mit
zwei weichen Knien und einem festen Entschluss. Sie
würden anderntags von Sonogno nach Lavertezzo wandern und nicht von Lavertezzo nach Sonogno. Der Hö-
henunterschied zwischen beiden Orten betrug 400 Meter, und zwar in die eine Richtung rauf, in die andere
runter. Hätte James nicht darauf bestanden, bergab zu

wandern, wären die beiden Bella und Gritli nie begegnet.

Als das geschah, waren sie nicht mehr weit von Lavertezzo entfernt und die Notlage war unübersehbar. George zögerte keinen Augenblick, Hilfe anzubieten, wobei er sich wie selbstverständlich mit einer ebenso freundlichen wie besorgten Miene an die bezaubernde Bella wandte und nicht an die mit schmerzverzerrtem Gesicht am Wegesrand sitzende Gritli. Er kniete neben Bella nieder, die dabei war, den verstauchten Fuß Gritlis zu untersuchen.

„Sollen wir Hilfe rufen? Einen Krankenwagen?", fragte George.

„Nein, auf keinen Fall!", flehte Gritli. „Es wird schon gehen. Wir sind ja nicht weit vom nächsten Ort entfernt."

Tatsächlich war der Kirchturm von Lavertezzo bereits zu sehen. Eine Weile wurde diskutiert, was zu tun sei. Schließlich richtete sich Gritli vorsichtig auf, legte ihre Arme auf die Schultern von George und James und dann marschierte man, Bella voran, Richtung Dorf.

„Seid ihr auch aus Sonogno gekommen?", fragte George.

„Nein, da wollten wir hin." Es war Bella, die antwortete.

„Dann seid ihr ja nicht weit gekommen."

„Nicht wahr?", klagte Gritli in weinerlichem Ton und zu Bella gewandt: „Es tut mir so leid, dass ich dir den Tag verdorben habe."

„Unsinn. So etwas kann jedem passieren."

„Ja, aber komischerweise passiert es immer nur mir und nie den anderen."

„Wir werden wohl oder übel mit dem nächsten Bus wieder nach Locarno fahren müssen."

„So ein Zufall! Das wollen wir auch."

„Tatsächlich? Ich heiße übrigens Bella und das ist Gritli."

„Ich heiße George."

„Und du?"

„Er heißt James."

James störte es nicht weiter, dass George die Unterhaltung führte, denn er hatte der blonden Bella in die Augen geschaut und dabei gefunden, dass sie wundervolle hellbraune Augen besaß, und diese Beobachtung hatte weitreichende Folgen für ihn. Eine davon war der Verlust der Sprache. George waren Bellas Augen auch aufgefallen, aber bei ihm hatte das dazu geführt, dass er gar nicht mehr aufhören konnte zu reden, woran deutlich wird, wie verschieden die Menschen doch sind.

„Ich glaube, nein, ich bin sogar sicher", erklärte James, als sie sich von den beiden Mädchen am Bahnhof getrennt hatten, mit dem Stadtbus den Hügel hinauf gefahren waren und sich in ihrem Quartier in Monti della Trinità hoch über Locarno mit einer ordentlichen Portion Spaghetti aglio, olio e peperoncini und mehreren Gläsern Tessiner Bianco del Merlot gestärkt hatten, „ich habe mich verliebt." George gab keine Auskunft über seinen Seelenzustand beziehungsweise seinen Hormonspiegel. Er hielt das nicht für opportun.

Am nächsten Abend besuchten die beiden Mädchen James und George in Monti della Trinità. Man aß und trank zusammen, hatte viel Spaß und am Ende saßen James und Bella mit ernster Miene und schweigend auf einer Bank auf der Terrasse, während die anderen beiden in der Küche lachend den Abwasch besorgten.

Wie so oft war es auch in dieser Nacht vollkommen windstill. Die Bäume in der Nähe, vornehmlich Kastanien mit ein paar Eichen dazwischen, standen reglos wie eine gemalte Kulisse da und darüber erhoben sich im Mondlicht jenseits des Sees, der selbst hinter den Bäumen verborgen war, der Monte Gambarogno, der Monte Tamaro und die anderen Gipfel. James genoss die friedvolle Stimmung, die über ihrer Welt lag. Hier und da glitzerten Lichter an den fernen Hängen, die für James so aussahen wie herabgefallene Sterne. Er hätte gerne gewusst, woran sie Bella erinnerten, aber er wagte nicht, sie zu fragen. Es wäre unklug, sagte er sich, die Stille zu stören. Er tastete stattdessen vorsichtig nach ihrer Hand. Er nahm an, dass sie nicht weit von der seinen entfernt sein würde, aber es dauerte eine Weile, bis er sie fand, aber dann fand er sie sogar alle beide, die eine auf der anderen ruhend. Bella gab einen Laut von sich, der fast wie das Schnurren einer Katze klang. Seine Hand ruhte auf der einen ihrer Hände und allem, was sich noch darunter befand, und er wusste diese Situation durchaus zu schätzen, hatte aber keine Idee, was er als Nächstes machen sollte. Am Ende entschied er sich für eine eher intellektuelle Herangehensweise.

„Hast du schon mal daran gedacht zu heiraten?"

„Natürlich. So etwas kann einem ja immer mal passieren, auch wenn man noch so aufpasst."

James versuchte, Bellas Antwort einzuordnen, kam zu keinem eindeutigen Ergebnis und hielt es daher für angebracht, einen zweiten Anlauf zu wagen.

„Möchtest du gerne so heißen wie ich?"

„So wie du?" Bella lachte. „Ich glaube nicht. James passt irgendwie nicht zu mir."

„Nein, ich meine doch Finsberg-Stallard."

„Wie? Heißt du etwa wirklich so?" Bellas Heiterkeit kannte keine Grenzen mehr. „Ich dachte, das wäre ein Witz gewesen. Was es in England für lustige Namen gibt."

James antwortet nichts darauf. Bella lehnte ihren Kopf an seine Schulter und gab noch einmal das kleine Geräusch von sich, aber James zog sich für eine Weile in sein Schneckenhaus zurück und brütete vor sich hin.

Am Ende sagte er sich, dass auch Bella darauf brannte, ihm ihr Herz schenken zu können. Möglicherweise war sie nur zu schüchtern, um offen darüber zu reden.

Bevor Bella und Gritli sich auf den Heimweg machten, verabredeten sie sich mit den jungen Männern für den nächsten Tag zum Essen in einem Grotto unten in Solduno. Bella hatte James vorgeschlagen, sich vor der SS. Trinità zu treffen und dann gemeinsam den Sentiero alle Coste nach Solduno hinunterzugehen, womit sich James arglos sofort einverstanden erklärt hatte. Schließlich sollte es abwärts gehen. Als er später einen Blick auf den Stadtplan warf, stellte er erfreut fest, dass dieser Sentiero der weitaus kürzeste Weg nach Solduno war. Um so besser!

Gritli und George würden sie unten im Grotto treffen. Die beiden wollten vorher noch ins Museum im Castello Visconteo. Das hätte James auch sehr interessiert. Vor allem die archäologische Abteilung. Es sollte dort sogar eine Sammlung apulischer Vasen aus dem 8. Jahrhundert vor Christi geben. Aber was war das alles gegen einen Spaziergang mit Bella?

Zur verabredeten Stunde erschien James am Treffpunkt und fand Bella auf einer Bank vor der Kirche im Schatten sitzend. Ein kleiner Brunnen plätscherte leise und der Blick von hier auf den Lago Maggiore und die Berge dahinter war atemberaubend schön. James hätte sich gerne für einen Moment neben Bella gesetzt, aber die sprang sofort auf, als sie ihn sah, erklärte, dass man nun endlich aufbrechen könne, und führte James auf der Straße hinter der Kirche Richtung Westen bis zu einem

Sentiero. Es war ein anheimelnder, schattiger Weg, angenehm zu gehen.

Bald erreichten sie eine Gabelung, geradeaus ging es nach Locarno, rechts führte eine Treppe Richtung Solduno. Leichtfüßig eilte Bella die Stufen hinunter. James sah ihr hinterher und blickte dabei in einen Abgrund. Die Treppe erinnerte ihn an den Niedergang in einem Schiff, nur gab es hier keinen Handlauf. Einen Moment lang spielte er mit dem Gedanken, die Stufen mit dem Rücken voranzugehen, aber den Gedanken verwarf er schnell wieder. Er folgte Bella mit langsamen, vorsichtigen Schritten, zittrigen Knien und kaltem Schweiß auf der Stirn. Wenn man nicht schwindelfrei ist, soll man nicht nach unten schauen, erinnerte sich James und sagte sich voll Bitterkeit, dass die meisten guten Ratschläge schwer zu befolgen seien. Wie sollte er hier heil herunterkommen, wenn er nicht darauf achtete, wohin er trat? Immerhin vergrößerte sich der Abstand zwischen den Stufen nach einiger Zeit wieder, und er schritt beherzter aus.

Aber sein Glück währte nicht lange. Hinter einer Biegung wurde es wieder steiler und James ahnte langsam, warum der Weg auf seiner Karte so kurz war. Es fehlte die dritte Dimension!

Und dann wurde der Weg zu einem reinen Trampelpfad. Kein Geländer, keine Stufen, kein Garnichts. Es ging einfach nur bergab. Senkrecht bergab, so schien es James.

Bella hatte schon einen deutlichen Vorsprung gewonnen. Sie eilte Schritt um Schritt hinab, mit der schlafwandlerischen Sicherheit einer Gams den richtigen Weg wählend.

James machte ein oder zwei zögerliche Schritte, dann blieb er stehen. Er rief ihren Namen. War sie schon so weit weg, dass sie ihn nicht hörte? James war sicher, dass sie sich voll und ganz auf den Abstieg konzentrieren musste und deshalb gar nicht bemerkte, dass er zurückblieb. Eine Weile sah er der entschwindenden Gestalt nach, dann schüttelte er müde den Kopf und sagte leise: „Nein." Er trocknete seinen Schweiß, und als Bella hinter einer Biegung entschwand, machte er kehrt und ging den Pfad zurück.

Er machte es schweren Herzens, denn er stellte sich Bellas Bestürzung vor, wenn sie sein Verschwinden bemerkte. Sicher würde sie sich Sorgen um ihn machen. Möglicherweise machte sie sich sogar Vorwürfe seinetwegen. Einen Moment lang spielte er mit dem Gedanken umzukehren und allen Gefahren trotzend doch den Abstieg zu wagen, nur um Bella vor solch Ungemach zu bewahren. Aber am Ende behielt die Angst vor dem Abgrund – oder sollte man sagen: der gesunde Menschenverstand? – die Oberhand, und James setzte seinen Weg in die entgegengesetzte Richtung fort, weg von der Gefahr.

Er wanderte auf sicheren Wegen hinunter nach Locarno und von dort nahm er den Bus nach Solduno. Als er dort mit großer Verspätung im Grotto ankam, wartete nur Gritli auf ihn.

„Die anderen sind nach dem Essen gegangen. Sie haben mir gesagt, ich soll auf dich warten." Sie deutete auf die Kaffeetassen auf dem Tisch. „Willst du auch einen?"

Er bestellte sich Kaffee, obwohl sie eigentlich zum Essen verabredet gewesen waren. Im Augenblick hatte er aber auch gar keinen Appetit.

Gritli sah ihn ein wenig mitleidig an. Sie war keine Schönheit. Sie hatte sehr langes, blondes und fein gelocktes Haar mit einem winzigen Stich ins Rötliche, was ihr das Aussehen eines Rauschgoldengels verliehen hätte, wäre auch ihr Gesicht engelsgleich gewesen. Aber es war ein grobschlächtiges Gesicht, das zwar nicht zu ihrem Haar, aber dafür umso besser zu ihrem rundlichen und gedrungenen Körper passte. James fand sie plump und bäurisch, aber auch gutmütig.

„Es war nicht nett von Bella", sagte sie, „ich meine, mit dir diesen steilen Weg zu gehen."

James sah sie fragend an.

„Sie hat natürlich gewusst, dass du nicht schwindelfrei bist. George hatte es ihr verraten. Aber sie hat nur gelacht und gesagt: ‚Ich werde ja sehen, was stärker ist.'"

James ließ den Kopf auf die Brust sinken.

„Ach, sei nicht traurig. So ist Bella nun mal. Weißt du was? Wir nehmen den Bus und fahren nach Ascona und gehen auf der Promenade am See spazieren. Heute ist genau das Wetter dafür. Und wenn die Sonne untergeht, setzen wir uns auf eine Bank, schauen auf den See hinaus und träumen zusammen von irgendwas. Wäre das nicht wunderschön?"

Die Verachtung

Links und rechts der Straße waren Zäune, Wiesen, dahinter weideten möglicherweise Schafe, obwohl jetzt keine zu sehen waren. Die Scheinwerfer rissen Fetzen der im Finstern liegenden Welt aus ihrem nächtlichen Frieden. Aber bald würde die Sonne aufgehen. Als sich der Wagen seinem Ziel näherte, sah man vereinzelt Stechginster am Straßenrand und hier und da sogar ein paar höher aufragende Büsche und niedrige Bäume. Vom unablässigen Wind waren einige von ihnen grotesk verformt. *Geht es nur darum, irgendwie zu überleben? Niedergedrückt, gequält, verkrüppelt?*

Sie stellte den Wagen auf dem kleinen Parkplatz am Straßenrand ab, um noch ein Stück zu Fuß zu gehen. Morgens um kurz nach vier war der Platz noch ganz leer. *Zu früh für die Touristen. Sie kommen später. Wenn die Sonne scheint.* Sie blieb eine Weile im Wagen sitzen. Bis hierher hatte ihr Entschluss sie gebracht, jetzt wartete sie auf die Kraft, weitermachen zu können.

Schließlich stieg sie aus. Es gab keinen Zweifel mehr, dass die Dämmerung eingesetzt hatte. *Ich darf den Sonnenaufgang auf keinen Fall verpassen.* Sie machte sich nicht die Mühe, den Wagen abzuschließen. Unterwegs schaute sie nach Osten, wo der Kontinent lag und wo die Sonne aufgehen würde. Es war diesig. *Ich werde wohl nichts sehen können.* Sie war traurig, dass ihre Hoffnung auf diesen einen, diesen ganz besonderen Sonnenaufgang nicht erfüllt werden würde. Aus der Nacht würde unmerklich Tag werden.

Wie oft hatte sie hier schon lange Spaziergänge gemacht. Als sie an einer Bank vorbeikam, spielte sie einen Moment lang mit dem Gedanken, sich zu setzen. *Nein, du musst weiter. Nur nicht stehen bleiben.* Der Weg wurde zu einem schmalen Pfad mit Büschen links und rechts. Es waren auch Brombeersträucher darunter. Sie sah, dass einige Blüten schon verblüht waren, aber für Früchte war es noch viel zu früh.

Es war einer Laune des Schicksals geschuldet, dass Linos Gorges im Gewühl der Rushhour im Bahnhof von Paddington Philemon Broad-Boswell über den Weg lief. Sie hatten sich seit Jahren nicht gesehen, aber Gorges war nicht froh über diese Begegnung. Als Broad-Boswell vorschlug, im nächsten Pub ein Glas auf das Wiedersehen zu trinken, fühlte Gorges sich allerdings verpflichtet einzuwilligen. Immerhin waren sie zusammen zur Schule gegangen. Er würde wohl oder übel einen späteren Zug nehmen müssen.

„Und was hat dich dazu gebracht, hier zu uns in die Stadt zu kommen?", fragte Broad-Boswell. Er war ein erfolgreicher Anwalt, der vor Gericht plädierte. Dort, vor Publikum, war er in seinem Element. „Du lebst doch schon ewig irgendwo auf dem Land. Wiltshire, nicht wahr?"

Gorges nippte an seinem Whisky. Er hatte schon damals in der Schule gelernt, dass man auf seine Fragen nicht reagieren musste, denn er erwartete keine Antwort.

„Und du? Wo wohnst du jetzt?", fragte er stattdessen.

„Hier ganz in der Nähe. Am Cleveland Square."

„Und wie geht es der Familie?"

„Alle wohlauf."

„Und die Gerechtigkeit in unserem Land? Wie geht es der? Ist sie auch bei bester Gesundheit?"

„Oh ja. Ich komme gerade vom Gericht. Ich war nur Zuschauer. Ein ganz interessanter Fall. Eine ehrenwerte Kollegin saß auf der Anklagebank. Du hast sicher von ihrem Fall gehört. Sie war die, die an Bord einer Maschine der *Royal Jordanian* vor ein paar Monaten die Contenance verloren hat. Ein bisschen zu tief ins Glas geschaut hatte sie, und als sie so beschwipst war, dass man ihr nichts mehr geben wollte, ist sie ausgerastet."

„Sie hat das Bordpersonal beschimpft, nicht wahr?"

„Ah, nicht nur das. Sie ist auch noch mit der Chefstewardess aneinandergeraten. Jemandem aus nächster Nähe ins Gesicht zu spucken sei ein ganz besonders beleidigender und erschütternder Akt, hat Richter Grey, der alte Knabe, heute mit tiefster Entrüstung in der Stimme festgestellt und es natürlich auch nicht vergessen, als er entscheiden musste, für wie lange er Miss Mallory einlocht. Außerdem hat sie sich während des Flugs auch noch auf dem Klo eine Fluppe angesteckt. Das gab alles in allem acht Monate. Ohne Bewährung."

„Hat sie nicht behauptet, die Höhenluft nicht zu vertragen?"

„Höhenluft im Arsch!" Broad-Boswell lachte dröhnend. „Meine ehrenwerten Kollegen, ich meine jetzt ihre Verteidiger, hätten schon etwas mehr Erfindungsreichtum an den Tag legen müssen, um die andere ehrenwerte Kollegin vor größerem Schaden zu bewahren. Ein bisschen mehr Reue wäre schon nötig gewesen. Vor allem war es lächerlich zu behaupten, ihre Beschimpfung der jordanischen Crew sei nicht rassistisch gewesen. Sie hätte nur so über dies und das geredet. Herrlich! Eine Flugbegleiterin hat sie als *raffsüchtigen, verfickten arabischen Bastard* bezeichnet, und dann auch noch *verfickte, dumme Fotze* genannt. Was für Worte aus dem Mund einer Dame! Ihr Pech, dass, wie fast immer heutzutage, jemand sein Handy gezückt hat." Wieder lachte Broad-Bothwell. „Ich habe bei Gericht selten einen so amüsanten Film gesehen."

„Man soll dieses Video auch im Internet finden, habe ich gehört. War es nicht unfair, diese unglückliche Geschichte in der Öffentlichkeit derart breitzutreten? Vielleicht ging es ihr wirklich nicht gut."

„Aber natürlich musste das Video veröffentlicht werden. Eine international bekannte Menschenrechtsaktivistin, ein Engel aller unterdrückten Völker, die Anwältin aller Mühseligen und Beladenen im Nahen und im Fernen Osten wirft mit rassistischen Beschimpfungen um sich als wär's Konfetti! Wer sich in aller Öffentlichkeit so daneben benimmt, darf in unserem Land an den Pranger gestellt werden. Das ist in England nun mal alter Brauch und gute Sitte. Außerdem hat sie sich Feinde gemacht, Feinde, die man nicht unterschätzen sollte. Alle kannten sie als Unterstützerin, ach was, als eine zentrale Figur der antiisraelischen Boykottbewegung. Wer will es ihren Gegnern verdenken, dass sie die Gelegenheit genutzt haben, ihr die Hölle heißzumachen. Deshalb gab es das Video ihres großen Auftritts im Handumdrehen überall im Netz. Von der schlechten Presse mal ganz abgesehen, und den Morddrohungen, die sie angeblich bekommen haben soll."

„Nun, ich finde es trotzdem widerlich, dass man sie auf diese Weise öffentlich quasi abgeschlachtet hat. Nur weil sie einmal die Kontrolle über sich verloren hat."

„Tja, auch Miss Mallory verstand es sehr gut, auf der Klaviatur medialer Empörung zu spielen. Aber dann hat sie diesen einen Fehler gemacht, den sie nicht hätte machen dürfen. Und wurde selbst exekutiert. Erinnert ein bisschen an die Französische Revolution, nicht wahr, Gorges?"

„Dieser eine Aussetzer kann doch nicht all die Jahre auslöschen, in denen sie sich für Menschen eingesetzt hat, die Hilfe brauchten."

„Aber ist der Aussetzer, wie du es nennst, deshalb nicht noch viel schlimmer? Hätte irgendein ungehobelter Lümmel sich im Suff daneben benommen, ja, von dem hätten wir doch kaum etwas anderes erwartet, oder? Aber wenn ein braver Mensch eine so erschütternde, ja widerliche Seite von sich zeigt? Einer von den Guten? Das muss uns doch zu denken geben. Vielleicht steckt es auch in uns, in dir und in mir." Wieder ertönte Broad-Bothwells vergnügtes Gelächter.

„Aber wenn das etwas ist, was in uns allen steckt, kann man sie dafür doch nicht bestrafen."

„Ganz im Gegenteil! Es muss bestraft werden, weil sie *das* nicht unter Kontrolle hatte. Als Warnung an uns alle."

Als er später im Zug Richtung Bradford-on-Avon saß, ärgerte er sich immer noch über die boshaften Bemerkungen von Broad-Boswell. Er ließ die verregnete Landschaft an sich vorüberziehen. Er gestand sich ein, dass er sich vor allem deshalb ärgerte, weil Broad-Boswell letztendlich recht hatte. Dann fiel ihm ein, dass in der Schule irgendwann durchgesickert war, dass er eine jüdische

Großmutter hatte und dass sie ihn eine Zeit lang damit aufgezogen hatten.

Patricia Mallory hatte von den acht Monaten, zu denen sie verurteilt worden war, nur drei absitzen müssen. Dann wurde sie auf Bewährung freigelassen. Aber was machte das für einen Unterschied? Drei Monate? Drei Jahre? Oder drei Tage? Das eine war so schlimm wie das andere.

Sie war nicht wirklich frei.

Hatte ES *all die Jahre des gemeinsamen Kampfes gegen unsere Feinde ausgelöscht?*, fragte sie sich, aber dann sah sie das Gesicht wieder vor sich. *Warum war sie so beherrscht gewesen? Warum waren sie alle so beherrscht gewesen? Es war wie in einer Gummizelle mit Wänden aus Menschen. Wenn sie nur nicht so wenig Gefühl gezeigt hätten. Wenn sie nicht immer nur freundlich gelächelt hätten. Dann wäre es nicht so weit gekommen.*

Ich habe versucht zu erklären. Aber sie wollten nicht verstehen. Kannten keine Gnade. War ich auch so? Unbarmherzig, wenn jemand Grenzen überschritt, die wir gezogen hatten?

Aber das Schlimmste war ihr Gesicht. Das Gesicht mit dem dunklen Teint und den dunklen Augen, so sanft und unergründlich. Und die Spucke im Gesicht. Kleine Luftbläschen darin. Ich habe erst gar nicht begriffen, dass diese Spucke aus meinem Mund gekommen war. Ich habe es nur einen winzigen Moment lang gesehen, aber ich werde diesen Anblick einfach nicht mehr los. Das Bild war genauso unbarmherzig wie die Menschen. Warum hatte sie mich nur so sanft angeschaut? Sich nicht zur Wehr gesetzt? Auch jetzt ist es da, ihr Gesicht. Ich sehe es ganz deutlich vor mir.

Sie machte ein paar Schritte, bis sie den Leuchtturm nahe der Wasserlinie sehen konnte. *Warum haben sie ihn bloß da unten und nicht hier oben hingebaut?* Dann bewegte der Leuchtturm sich auf sie zu. Immer schneller.

DIE TOTE, DIE AM 6. JUNI AM FUSS VON BEACHY HEAD AUFGEFUNDEN WURDE, IST ALS DIE 51 JAHRE ALTE PATRICIA MALLORY AUS HAILSHAM IDENTIFIZIERT WORDEN. ES GIBT KEINE HINWEISE AUF EIN FREMDVERSCHULDEN. DIE NÄCHSTEN ANGEHÖRIGEN WURDEN INFORMIERT. DER VORGANG IST AN EINEN MITARBEITER DES ZUSTÄNDIGEN UNTERSUCHUNGSBEAMTEN WEITERGELEITET WORDEN.

(PRESSESPRECHER DER SUSSEX POLICE)

Ein anderes Zeichen im Himmel

„Hatten Mum und Dad keine Zeit, mich abzuholen?"

„Mr Gorges hat mich gebeten, es zu tun."

„Weil die beiden sauer auf mich sind?" Debs ärgerte sich sofort, die Frage gestellt zu haben. Aber die scharfen Krallen, die sie vorhin gepackt hatten, lockerten ihren Griff langsam und machten einer Entspannung Platz, in der sie sich nicht mehr unter Kontrolle hatte. Der Rausch der Tat war übermächtig gewesen. Sie war völlig außer sich gewesen. Sie hätte vor Erregung jubeln können, und gleichzeitig hatte ihr das Herz zum Zerspringen geschlagen. Die Angst vor den Folgen ihrer Tat steigerte die Ekstase noch zusätzlich. Beides, die Begeisterung und die Angst, hatten sie beflügelt. Deshalb konnte sie im entscheidenden Moment das Äußerste wagen. Als die Polizisten sie festnahmen, hatte sie befreit aufgelacht, fast schon ein wenig hysterisch. Später, als man sie auf der Wache in Trowbridge in die Obhut von Finsberg-Stallard entließ, verlor die fiebrige Erregung langsam an Heftigkeit.

Sie betrachtete verstohlen sein gutmütiges Gesicht und schmiegte sich dann an den Sitz und sog den Geruch des Leders in sich auf. Er erinnerte sie an das Eau de Toilette, das ihr Vater benutzte. Debs fühlte sich in dem Wagen geborgen.

Der *Mark 2* glitt ruhig die Landstraße entlang. James Finsberg-Stallard wäre nie der Versuchung erlegen, die Möglichkeiten, die in der 3,8-Liter-Maschine des Jaguars steckten, auszureizen. Als vor der Doppelkurve, in der sich die Straße zwischen zwei Fischteichen hindurchschlängelte und die ihm seit Jahren bestens vertraut war, auf der Straße das Wort SLOW sichtbar wurde, bremste er schärfer ab, als nötig gewesen wäre, und schaltete einen Gang herunter.

„Haben sie dich gut behandelt?", fragte er, als er hinter der Kurve wieder beschleunigte.

„Nein, sie haben mich nicht gut behandelt. Sie haben versucht, mir das Gefühl zu geben, ich hätte etwas Unrechtes getan."

„Nun, den Buchstaben des Gesetzes nach ..."

„Die Gesetze sind für die Menschen da, verdammt noch mal, und nicht die Menschen für die Gesetze. Das hat schon Jesus gesagt."

Finsberg-Stallard hätte gerne etwas darauf erwidert. Dass Jesus vom Sabbat und nicht vom Gesetz gesprochen hatte. Und vor allem: Dass ihm nicht bekannt war, dass Jesus jemals geflucht hatte. Er sagte aber nichts. So etwas, meinte er, gehörte sich nicht gegenüber der Tochter seines Arbeitgebers. Außerdem befürchtete er, dass sie sich dadurch persönlich angegriffen fühlen könnte. Sie war 16, also nur zehn Jahre jünger als er, aber ihm war klar, dass sie in unterschiedlichen Welten lebten, und die Welt, in der *sie* lebte, mit ihren ganz eigenen Vorstellungen, was zu tun und was zu unterlassen war, verstand er nicht. Manchmal fürchtete Finsberg-Stallard, es könnte der Anbruch einer neuen sitten- und gesetzlosen Zeit sein. Einer, so sagte er sich, wie Tacitus sie beschrieben hatte mit den Worten: *Nicht Sitte, nicht Recht; die verwerflichsten Handlungen blieben ungestraft, die edelmütigen führten zum Verderben.*

Sie passierten das Schild, das anzeigte, dass es links zum Dorf gehe, aber erst ein paar Hundert Meter weiter bogen sie von der Kreisstraße ab in einen Feldweg, der im Nu so schmal wurde, dass sie zwischen den üppigen Hecken links und rechts wie durch einen grünen Tunnel fuhren. Als sie das Tor vor dem Landhaus erreichten, löste Finsberg-Stallard seinen Sicherheitsgurt, aber Debs kam ihm zuvor und schlüpfte aus dem Wagen. Sie ließ sich Zeit mit dem Öffnen des Tors. Schon als kleines Kind hatte sie das tiefe Blubbern fasziniert, wenn der *Mark 2* mit laufendem Motor stillstand.

Vor den Stallungen, wo Finsberg-Stallard den Wagen parkte, trennten sie sich. Debs sagte ein knappes *Danke*, nur um irgendetwas zu sagen, und ging zum Hauptgebäude hinüber. Durch einen Nebeneingang gelangte sie in den Nordflügel, wo ihr Zimmer war. Sie begegnete niemandem, aber es dauerte nicht lange, bis Gosia, das Dienstmädchen, kam und sagte, ihr Vater würde sie in seinem Arbeitszimmer erwarten.

Debs hatte befürchtet, auch ihre Mutter könnte dort sein, aber da war nur ihr Vater an seinem Schreibtisch, der kleine Mann mit den lebhaften Augen hinter den dicken Brillengläsern. Diese Augen schauten sie jetzt weder freundlich noch böse an.

Sie setzte sich unaufgefordert in einen Sessel vor dem Schreibtisch.

„Deine Mutter war beunruhigt, als die Polizei uns anrief."

„Ja?"

„Ich möchte sagen, sie war sogar ein wenig verärgert."

„Ja?"

Gorges sah zum Fenster hinaus. Er nahm seine Brille ab, so als wollte er sich nicht durch Details den Blick auf die herbstliche Landschaft beeinträchtigen lassen. Schließlich setzte er die Brille wieder auf und schaute seine Tochter an.

„Wir gehen davon aus, dass die Angelegenheit ohne ernste Folgen bleiben wird. Man hat dich festgenommen, deine Personalien aufgenommen und dich wieder freigelassen. Damit dürfte die Sache erledigt sein, immer vorausgesetzt, du wirst nicht wieder auffällig."

„Ist das alles, was dich interessiert? Und das Warum?"

„Warum was?"

„Warum ich es getan habe. Möchtest du nicht wissen, warum ich es getan habe?"

„Doch, sicher. Du sorgst dich um die Zukunft der Welt, der Menschheit, die ja schließlich auch deine Zukunft ist. Wie alles weitergehen wird und so. Das kann ich natürlich alles nachvollziehen, und ich finde dein Engagement bewundernswert. Wirklich."

„Ja?"

„Ja, sicher. Deine Mutter übrigens auch. Aber du musst verstehen ..."

„Nein!", brauste Debs auf. „Ich muss nichts verstehen. Gar nichts! Ich muss wissen, was ich will. Und damit basta!"

Es war das erste Mal, dass Debs ihrem Vater in dieser Weise über den Mund fuhr. Während der noch überlegte, wie er darauf reagieren sollte, kam Octavia herein.

„Hallo, Mum."

Octavia blieb direkt neben ihrer Tochter stehen. Debs spürte, dass die sie mit ihren Händen hätte greifen können. Sie sah einen Moment lang zu ihr hoch. Sie wäre gerne aufgestanden, um sich nicht so klein fühlen zu müssen, aber sie wagte nicht, sich zu rühren. Stattdessen sah sie zu ihrem Vater hin, der mit krauser Stirn Schriftstücke auf seinem Schreibtisch hin und her schob, als würde er etwas suchen.

In diesem Augenblick kam die Sonne hinter den Wolken hervor und ihre Strahlen ließen die Oberfläche des Schreibtischs grell aufleuchten. Der Mittelsteg des

Fensterrahmens warf einen Schatten, der die helle Fläche in zwei ungleich große Bereiche teilte. Dann schob sich wieder eine Wolke vor die Sonne.

„Ich nehme an, dass du glaubst, eine große Heldentat vollbracht zu haben. Ist es nicht so?" Nach einer kurzen Pause fuhr Octavia fort: „Ich stelle fest, dass du nicht antworten möchtest. Das ist wohl auch besser so. Ich muss dir sicher nicht sagen, was ich von dieser Sache halte. Dein Vater wird dir bereits erklärt haben, wie sehr uns dein Verhalten enttäuscht und erzürnt hat, und dass wir nicht bereit sind, unserer Tochter Derartiges durchgehen zu lassen."

„Du sprichst wie Miss Tremayne."

„Die kümmert sich leider nur darum, ob du pünktlich zum Unterricht erscheinst und dich auch hinter den Ohren wäscht."

In Debs stieg Wut auf.

„Es gibt heutzutage eine Menge Leute, die sich um unwichtige Dinge kümmern."

„Und du kümmerst dich um die wichtigen? Weil du weißt, welche das sind?"

„Ich weiß jedenfalls, was mir Angst macht. Ich habe Angst vor dem Raubbau an der Natur. Davor, dass immer mehr Tiere und Pflanzen ausgerottet werden. Dass die Meere zu Müllkippen geworden sind. Und vor der Klimakatastrophe. Vor der vor allen Dingen. Gibt es nichts, wovor du Angst hast?"

„Angst? Natürlich habe ich Angst. Vor allem vor Leuten, die durch die Gegend rennen mit irgendwelchen halbgaren Idee, wie man eins-zwei-drei alle Probleme der Welt löst."

„Und alles andere ist okay? Nur die Ruhe bewahren, weitermachen und verrecken?"

„Durch schlechtes Benehmen löst man jedenfalls *keine* Probleme. Und im Übrigen bin ich heilfroh, dass du keine Ahnung davon hast, was alles *nicht* okay ist. Da helfen nämlich keine solchen Albernheiten, wie du sie dir heute erlaubt hast." Octavia machte eine kurze Pause. „Aber wir haben jetzt lange genug diskutiert. Bis zum Ende der Schulferien sind es noch zehn Tage. Dein Vater und ich sind der Meinung, dass du diese Zeit nutzen solltest, um Aunt Lulu zu besuchen."

„Aunt Lulu? Um diese Jahreszeit? Da regnet es in Schottland doch ständig."

„Mag sein. Aber wir haben unsere Entscheidung getroffen, und du hast sie dir selbst zuzuschreiben. Außerdem wird Aunt Lulu sich über deinen Besuch freuen. Finsberg-Stallard wird dich fahren. Du hast bis zum Mittagessen Zeit zu packen."

„Ich kann auch mit dem Zug fahren. Ich bin schließlich kein kleines Kind mehr."

„Genau. Und deshalb wird Finsberg-Stallard dich hinbringen."

„Ich werde also in die Verbannung geschickt." Debs wandte sich an ihren Vater, der immer noch die Papiere auf seinem Schreibtisch sortierte. „Und das ist auch deine Entscheidung?"

„Alles, was deine Mutter sagt, ist auch meine Entscheidung." Er hob dabei den Kopf und sah Debs an. „Aber du solltest es nicht als Strafe betrachten. Du hast Aunt Lulu doch gern, und ihr werdet sicher eine schöne Zeit miteinander haben. Egal, wie das Wetter ist. Außerdem hast du Gelegenheit, über vieles nachzudenken. Vielleicht wirst du am Ende anders über das denken, was du heute getan hast."

„Und wenn ich am Ende nur über *euch* anders denke?"

„Pass auf, in welchem Ton du mit deinen Eltern redest! Und jetzt geh packen", sagte Octavia, und als Debs fort war, blieb sie reglos mitten ihm Raum stehen.

Linos blickte lange auf das Bücherregal an der Wand gegenüber. Es schien, als versuchte er, die Angaben auf den Buchrücken zu entziffern, aber dazu war die Entfernung viel zu groß. Schließlich fragte er:

„War es gut, so mit ihr zu reden?"

„Gut? Das weiß ich nicht, aber ich bin sicher, es war sinnlos. Sie trägt zwar die Last der Welt auf ihren Schultern, aber sie trägt leicht daran, und sie wird nicht darunter zusammenbrechen."

Anhang

Die folgende, bisher unveröffentlichte
Geschichte ist in diese Sammlung
aufgenommen worden; gleichwohl ist sie
bereits in den achtziger Jahren des vorigen
Jahrhunderts geschrieben worden.

Nur allein der Liebe wegen

Vielleicht habe ich nur noch wenige Stunden zu leben, aber ich werde diese Zeit nutzen und aufschreiben, was sich zugetragen hat zwischen mir und jenem Mann, den ich R. nennen will und der heute Abend zu mir kommt, um mich zu töten.

Natürlich könnte ich vorher das Haus verlassen. Ich habe an diese Möglichkeit gedacht, als er anrief, aber ich werde es nicht tun. Lange habe ich darauf vertraut, dass man vergisst, wenn man sich nicht sieht. Welch ein Irrtum! Nein, ich werde nicht vor ihm davonlaufen.

Warum er zu mir kommt, hat er nicht gesagt, doch ich verstehe ihn. Es kann nur diesen einen Grund geben. Sie werden denken, es geschieht nur im Film oder in Romanen, dass ein Mann die Frau tötet, die er liebt. Auch ich habe so gedacht, früher, bevor ich R. kennenlernte. Wenn ich Ihnen R. beschreiben würde – nicht sein Äußeres, sondern was für ein Mensch er ist –, ihn so beschreiben würde, wie es ein Schriftsteller oder ein Psychologe könnte, dann würden Sie vielleicht verstehen, was ich meine. Doch dazu bin ich nicht fähig. Alles, was ich tun kann, ist Ihnen unsere Geschichte erzählen. Mir bleiben mindestens noch drei Stunden. Zeit genug.

Als ich R. zum ersten Mal begegnete, war ich bereits verheiratet, und obwohl Klaus und ich noch sehr jung waren, glaubte ich, wir würden ein Leben lang glücklich sein, denn Klaus war ein lieber Mensch und, wie ich meinte, ein guter Ehemann. Er konnte auch jähzornig sein, besonders wenn er getrunken hatte, aber hinterher tat ihm sein Verhalten immer leid, und ich habe ihm jedes Mal verziehen. Er war wie ein großer Junge.

Wir hatten eine kleine Wohnung in einem alten, hässlichen Haus und waren von ihr begeistert, denn es war für uns beide die erste eigene Wohnung. Ich nannte sie unsere Höhle. Den Haushalt versorgte ich, ohne jedoch wirklich eine Hausfrau zu sein. Tatsächlich war ich arbeitslos, und hätte ich nach der Lehre eine Stelle gefunden, hätte ich meinen Beruf nicht aufgegeben. Auch nicht nach der Heirat. So aber gewöhnte ich mich mit der Zeit an das Leben zu Hause. Ich hätte auch gerne Kinder gehabt oder wenigstens eines, aber Klaus meinte, dafür sei kein Geld da: erst ein Auto, dann eine größere Wohnung und später vielleicht Kinder. Ich habe das hingenommen, denn schließlich war es sein Geld, von dem wir lebten.

Vielleicht wäre alles anders gekommen, wenn wir ein Kind gehabt hätten, aber ich glaube nicht. Nein, das

Schicksal wollte es so, wie es gekommen ist, und alles hatte sich gegen mich und R. verschworen.

Ich bin nicht hübsch, er hätte achtlos an mir vorübergehen können. Und als er merkte, dass ich nur eine einfache, ungebildete Frau bin, die sich geistig nicht mit ihm messen konnte, hätte er das Interesse an mir verlieren müssen. Er hätte aufgeben müssen, als er erfuhr, dass ich verheiratet bin, denn er wollte nicht nur ein Abenteuer. Er liebte mich! Und ich, ich hätte mich nie mit ihm einlassen dürfen, denn ich war doch glücklich verheiratet. Aber das war alles bedeutungslos.

Eines Tages begegneten wir uns auf der Straße. Ich habe es nicht einmal bemerkt. Wir gingen aneinander vorbei, und er ist mir gefolgt. Durch die Straßen und Geschäfte, später im Bus und bis zu unserer Wohnung. Warum, hat er mir nie gesagt. Hatte er sich in mich verliebt, von einem Augenblick zum anderen? In einen völlig fremden Menschen, der ihm zufällig auf der Straße entgegengekommen war? Kann man das überhaupt? – Lachen Sie mich aus, aber ich glaube, das ist möglich.

Einige Tage später habe ich seine Anwesenheit zum ersten Mal bemerkt. Ich war auf dem Weg in die Stadt. Ich erinnere mich, dass es regnete und zwar so heftig, dass man durch die Scheiben des Busses hindurch nichts mehr erkennen konnte. Also betrachtete ich die anderen Fahrgäste. Er war nur einer von vielen, aber dann hob er den Kopf. Einen Moment sahen wir uns in die Augen. Nicht lange und doch einen Sekundenbruchteil länger, so schien es mir, als es an einem solchen Ort zwischen Fremden schicklich ist. Später sah ich verstohlen zu ihm hin und fragte mich, ob ich ihn zuvor schon einmal gesehen hätte. Aber ich war sicher, dass dem nicht so war. Er war mir völlig fremd.

Dass er zugleich mit mir ausstieg, ist mir nicht aufgefallen, und als ich ihn in einem Kaufhaus wiedersah, hielt ich das für ein zufälliges Zusammentreffen, ahnungslos wie ich war. Erst Stunden später auf dem Heimweg, als er wieder im selben Bus saß, war ich verwundert, ja beunruhigt. War das Zufall? Schnell kamen mir seltsame, verrückte Gedanken. Er ist ein Verbrecher, schoss es mir durch den Kopf, ein Lustmörder auf der Suche nach einem Opfer. Nun hat er es gefunden. Mich! Dann wieder argwöhnte ich, er sei ein Polizist in Zivil, der mich beschattet. Ich habe tatsächlich überlegt, ob es dafür einen Grund geben könnte. Wie lächerlich! Endlich versuchte ich mir seine Anwesenheit auf harmlose Weise zu erklären: Er ist mit derselben Linie wie du in die Stadt gefahren, natürlich benutzt er auf dem Heimweg auch wieder diese Linie. Zur gleichen Zeit wie du? Die Busse fahren alle zehn Minuten. Und doch konnte es Zufall sein. Und die Begegnung im Kaufhaus? Auch Zufall?

Die Unruhe blieb. Kurz bevor ich aussteigen wollte, wurde sie zur Angst. Er erhob sich kurz nach mir und trat neben mich an den Ausstieg, so nahe heran, ich hätte ihn mit den Händen berühren können. Und er mich. Der Bus hielt. Ich sprang heraus. Hastete nach Hause.

Ohne mich unterwegs umzudrehen. Ich wollte nicht wissen, ob er mir folgte. Aber ich lauschte: Waren das seine Schritte hinter mir? Hörte ich überhaupt Schritte?

Als die Tür hinter mir in Schloss fiel, war ich endlich in Sicherheit. Selbstverständlich habe ich später über mich selbst lachen müssen. Alles, daran hatte ich schließlich keinen Zweifel, war nichts als Einbildung gewesen. Sicher war er mir gar nicht gefolgt. Warum auch? Ja, und selbst wenn, was hätte mir schon passieren können? Es war heller Tag, und die Straßen waren voller Menschen gewesen. Wenn ich klug gewesen wäre, hätte ich mich überzeugt, ob er mir auf dem Weg zur Wohnung folgte oder nicht. Und wenn ja, so hätte ich ihn ansprechen und zur Rede stellen müssen.

Im Nachhinein legte ich mir zurecht, was ich zu ihm gesagt hätte, versuchte, seine Antworten zu erraten. In meiner Vorstellung endete das Gespräch damit, dass sich alles als Missverständnis herausstellte, eben als Zufall. – Oder, wenn es kein Zufall war, wenn er mich tatsächlich verfolgt hatte, dann sagte ich ihm gehörig die Meinung.

Klaus erzählte ich nichts von all dem.

Als ich am nächsten Morgen aus dem Haus ging, hielt ich misstrauisch Ausschau nach dem Fremden. Er war nicht da. Ich kam mir lächerlich vor. Wie unendlich dumm und töricht von mir, immer noch an die kindischen Fantasiegespinste zu denken. Wie ein kleines Mädchen, das sich vor der Dunkelheit fürchtet, so hielt ich mir vor.

Tags darauf war der Fremde wieder da. Ich wollte in die Stadt fahren. Als ich mich der Bushaltestelle näherte, sah ich ihn dort stehen. Es traf mich wie ein Schlag. Ich wollte auf der Stelle kehrtmachen, aber ich ging automatenhaft weiter. An der Haltestelle vorbei. An ihm vorbei. Weiter, weiter, immer schneller. Schließlich um den Block herum wieder nach Hause.

Im Hausflur kam ich endlich wieder zur Besinnung. War ich denn völlig verrückt geworden? Ich verließ das Haus sofort wieder. Es mussten inzwischen ein oder zwei Busse gefahren sein, aber der Fremde war immer noch da. Jetzt wollte ich ihn ansprechen. Ich zögerte. Ich überlegte es mir anders. War nicht doch alles nur Zufall?

Er nahm denselben Bus, stieg aus, als ich ausstieg, ging mir nach. Es gab keinen Zweifel mehr. Dies war kein Zufall.

Ich blieb stehen.

„Warum gehen Sie mir nach?"

Er zeigte keine Überraschung.

„Verzeihen Sie mir. Ich habe Sie beunruhigt", sagte er sanft.

„Nein, überhaupt nicht", log ich. „Aber warum verfolgen Sie mich?"

Er hob die Schultern ein wenig.

„Es hat weiter keine Bedeutung."

Ich wusste nicht, was ich von ihm halten sollte. Woher nahm er diesen Gleichmut? Warum fühlte er sich nicht peinlich berührt? Ertappt? Schuldig? Wer war er?

„Sind sie von der Polizei?"

Er lächelte und sagte einfach nur, „Nein."

„Dann", fuhr ich ihn errötend an, „belästigen Sie mich nicht weiter! Oder ich *hole* die Polizei."

Jetzt hätte ich mich umdrehen und weitergehen sollen, aber ich ließ den Augenblick, diese, meine letzte Chance ungenutzt verstreichen.

„Ich tu's!", beteuerte ich stattdessen.

„Ja, natürlich werden Sie das tun."

Ich wusste nicht mehr weiter. Was sollte ich machen? Was sagen?

„Ich werde Sie bei Ihrem Einkauf begleiten", meinte er lächelnd, wandte sich mit einer einladenden Handbewegung zum Gehen und ich ... ich ging mit ihm mit.

Wir wanderten zusammen durch Kaufhäuser und Geschäfte, und alles erschien mir so unwirklich, dass ich meinte, zerspringen zu müssen. Aber ich setzte mich nicht zur Wehr. Ich fragte nicht mehr, was er von mir wolle. Ich sagte nicht: "Gehen Sie! Lassen Sie mich in Frieden." Ich konnte es nicht. Ich weiß nicht, was an jenem Tag mit mir war. Alles in mir war Schwäche. Als hätte mich ein Fieber befallen. Alles, was ich sah, was ich hörte, alles, was ich dachte, war wie in den feuchten, heißen Dunst einer Sauna gehüllt. Ja, ich hatte das Gefühl, ich selbst würde glühen.

Ich wollte mir etwas anzuziehen kaufen. Er stand dabei, begutachtete, erwog, was mir am besten stünde, und ich folgte seinem Rat, als ob es mein Wunsch wäre, mich ihm zum Gefallen zu kleiden. Ihm, dem Fremden, dem Unbekannten. Später gingen wir in ein Café.

Einige Stunden verbrachten wir so miteinander, und als wir uns trennten, verabredeten wir kein neues Zusammentreffen. Wie alte Freunde, die sicher sind, sich wiederzusehen. Irgendwann. Bald.

Wir sahen uns wieder.

„Da sind Sie ja!", rief ich, denn ich hatte tagelang vergeblich auf ein Wiedersehen gehofft.

Wir spazierten ziellos durch die Stadt. Irgendwann blieb er stehen und sagte: „In diesem Haus wohne ich."

Er fragte nicht, ob ich ihn hinein begleiten wolle, und ich sagte nichts, als er die Tür öffnete, sondern trat ein.

Mir gefiel seine Wohnung. Klein und unordentlich, wie sie war, wirkte sie fast abstoßend, aber sie war so sehr *seine* Wohnung, dass ich mich in eine Welt versetzt fühlte, in die ich nicht hineingehörte, die jedoch den Wunsch in mir weckte, mich ihr anzuvertrauen und die Geborgenheit, die sie bieten mochte, zu genießen.

Wir hatten viel Zeit. Erst wenn Klaus von der Arbeit kam, musste ich wieder zu Hause sein. Wir kochten und aßen zusammen. Wir redeten und lachten, aber was wir sagten, machte keinen Sinn. Er erzählte, er würde gern eine Rasierklinge am Ohr tragen, und ich erwiderte lachend, er würde dann wie ein Punk aussehen.

„Aber Sie sind ja keiner."

„Ja, da haben Sie recht."

Ich verstand ihn nicht, aber warum sollte ich auch? Es war nicht notwendig, dass wir einander verstanden. Wir gingen miteinander um, als wäre uns der andere gleichgültig – oder als liebten wir ihn und wären uns auch seiner Liebe gewiss.

Ich hatte gedacht, er würde mit mir schlafen wollen, aber ich hatte mich getäuscht. Jedenfalls geschah nichts dergleichen. Noch sonst überhaupt irgendeine eine Berührung.

Schließlich musste ich gehen.

Am nächsten Morgen wartete ich wieder vergebens auf ihn. Das lange Wochenende kam. Zwei Tage lang war Klaus ständig um mich. Keine Hoffnung, R. zu sehen.

Klaus' Anwesenheit wurde für mich immer unangenehmer. Am schlimmsten war es nachts. Sein Atem in der Stille – ruhig und gleichmäßig – ein und aus, ein und aus. Ich hatte das Gefühl, meinen Atem diesem Rhythmus anpassen zu müssen, aber ich wollte es nicht. Ich meinte, ersticken zu müssen. Ich wurde von Panik ergriffen. Lange lag ich wach.

R. ist auch am Montag nicht an der Bushaltestelle. Sollte ich zu ihm gehen?

Ich tat es nicht, denn ich hatte ein schlechtes Gewissen ihm gegenüber. Ja, ich R. gegenüber. Als er mich zu sich nahm, hatte ich ihn da nicht enttäuscht? Mich falsch verhalten? War es nicht meine Schuld, dass zwischen uns nichts geschehen war? Hätte ich ihn doch wenigstens zum Abschied geküsst! Aber ich hatte versagt. Ich hatte mich wie eine dumme Gans benommen, sagte ich mir, kalt und abweisend. Vielleicht würde ich ihn nie wiedersehen.

Als ich mittags nach Hause kam, läutete das Telefon. R.

„Wo waren Sie?", fragte ich. „Ich habe auf Sie gewartet."

„Ja, ich weiß. Kommen Sie zu mir."

„Wann?"

„Jetzt gleich."

„Aber ... mein Mann kommt bald."

„Das ist unwichtig."

„Morgen ..."

„Nein. Kommen Sie sofort!"

Ich ging zu ihm, obwohl sein herrischer Ton mich geärgert hatte. – Nein! Nein, das ist gelogen. Ich war nicht verärgert. Ich war beunruhigt, verwirrt, vielleicht sogar eingeschüchtert. Ich hatte Angst, wieder etwas falsch zu machen. Ich beeilte mich, aus Furcht zu spät zu kommen und ihn nicht anzutreffen, und war außer Atem, als ich seine Wohnung erreichte.

Er nahm mich nicht in den Arm und er küsste mich nicht, sondern führte mich ins Wohnzimmer, wo wir uns gegenübersaßen und miteinander über Belanglosigkeiten redeten oder miteinander schwiegen. Ich fragte ihn nicht, warum ich hatte zu ihm kommen sollen, und er erklärte nichts.

Schon war es Zeit für mich zu gehen, wollte ich nicht nach Klaus zu Hause ankommen. Ich zögerte. Es wäre lächerlich gewesen, R. jetzt schon wieder zu verlassen. Sinnlos, überhaupt gekommen zu sein, und der Gedanke an die Rückkehr zu Klaus war so entmutigend. Sollte dieses kurze Beisammensein alles gewesen sein? Ich fühlte mich elend. Man wollte mich um etwas betrügen, auf das ich ein Recht hatte, und es war ... Klaus!, der mich darum betrog. Allein durch seine bloße Existenz. Hätte ich doch die Kraft, dachte ich in jenem Moment, es von ihm zu fordern.

„Ich muss jetzt gehen", sagte ich stattdessen.

„Bleiben Sie."

„Ich darf nicht. Ich muss vor meinem Mann zu Hause sein, und ich schaffe es auch so kaum noch."

„Bleiben Sie. Vielleicht ist es das letzte Mal."

„Das letzte Mal? Was ist? Wieso ...?"

„Bleiben Sie heute Nacht bei mir."

„Unmöglich! Klaus ..."

„Rufen Sie ihn an. Sagen Sie ihm, Sie würden nicht kommen."

„Aber was soll ich ihm sagen? Wie erklären ...?"

„Eine Ausrede – oder die Wahrheit. Das ist doch gleichgültig."

„Die Wahrheit?"

Aber was war denn die Wahrheit? Dass ich die Nacht bei einem Mann verbringen wollte, dem ich vor ein paar Tagen zum ersten Mal begegnet war und der mir bisher nie mehr als ein flüchtiger Bekannter gewesen und auch jetzt noch recht fremd war? Konnte das die Wahrheit sein? Oder war es das, was nur in meinen Gedanken existierte, verschwommen und so furchterregend, dass ich mich davor scheute, es selbst in der Geborgenheit meiner Gedanken in Worte zu fassen?

Ich rief Klaus an.

„Warte nicht auf mich; ich werde nicht kommen."

„Wie? Du wirst nicht kommen? Was willst du damit sagen?"

„Frag nicht."

„Bist du bei den Eltern? Ist etwas passiert?"

„Nein."

„Aber was dann? Von wo rufst du an? Ich komme zu dir."

„Nein! Mach dir keine Sorgen."

Ich hörte ihn atmen, während wir beide schwiegen.

„Wo bist du? Bei ... einem Mann?"

„Nein."

Ich legte auf. Was mochte in ihm vorgegangen sein? Ich habe keine Vorstellung davon, und ich erinnere mich, dass es mich damals auch nicht interessierte. Vielleicht tat er mir leid, aber nur einen Augenblick lang, dann vergaß ich ihn.

Später, viel später war es dunkel im Raum. Der Wind bewegte die Vorhänge vor dem offenen Fenster. Im Zimmer selbst war nichts zu erkennen, und meine Erinnerung an das, was sich in ihm befand, war erloschen. Nur die Vorhänge waren da und bewegten sich lautlos hin und her.

Ich spürte, dass R. noch wach war.

„Warum sollte ich heute Nacht bei dir bleiben?", flüsterte ich. „War es – das?"

„Nein ... oder ja. Was spielt das für eine Rolle?"

„Für mich ist es wichtig."

„Dann: nein."

„Warum also sollte ich bei dir bleiben? Warum hast du gesagt, es sei vielleicht das letzte Mal?"

„Das hat jetzt keine Bedeutung mehr."

„Weil ich geblieben bin?"

Er antwortete nicht.

„Aber warum heute? Warum diese Nacht?"

„Du musstest dich entscheiden. Irgendwann."

„Habe ich mich entschieden? Jetzt schon?"

Ich lag ganz nah an seinem warmen Körper. Ja, ich hatte mich entschieden. Zu – etwas. Aber zu was? Meinem Mann für einen Abend und eine Nacht untreu zu sein? Hatte ich mich zu einem Abenteuer entschieden, das morgen früh vorbei sein würde, sich vielleicht allenfalls eines Nachts oder eines Tages wiederholen würde?

Oder hatte ich mich zu mehr entschieden? Zu etwas Dauerhaftem, Endgültigem? Wozu hatte ich mich entschieden? Und warum? Mit welchen Folgen? All das hätte ich R. gerne gefragt. Er hätte mir eine Antwort auf diese Fragen geben können. Aber ich fragte nicht. Ohne ein Wort zu sagen, nahm ich die Wärme seines Körpers in meinen auf.

Sie werden denken, ich hätte mich vor einer Antwort gefürchtet – einer falschen, verletzenden Antwort, aber das stimmt nicht. Es war zu spät, um zu fragen, viel zu spät. Ich hatte kein Recht mehr, Fragen zu stellen.

Als ich aufwachte, schlief R. noch. Leise stand ich auf und zog mich an. Ich vergewisserte mich in der Küche, dass alles für ein Frühstück vorhanden war, und verließ dann die Wohnung, um frische Brötchen zu holen.

An der Tür zögerte ich. Sie ließ sich von außen nur mit dem Schlüssel öffnen, und obwohl der Schlüssel innen steckte, nahm ich ihn nicht an mich, als ich die Wohnung verließ. Ich wollte bei meiner Rückkehr läuten, und R. sollte mir öffnen.

Kaum hatte ich die Tür hinter mir ins Schloss gezogen, wurde mir die Dummheit meines Tuns bewusst. Das Klingeln würde ihn aus dem Schlaf reißen, er würde sich umschauen, und ich – ich wäre nicht da! Oder er wachte auf, bevor ich zurück war, würde denken ... Ich hätte einen Zettel hinterlassen sollen, ihm versichern, dass ich wiederkommen würde. Zu spät.

Als ich zurückkehrte, fand ich die Wohnungstür nur angelehnt. Er war auf und hatte für uns den Tisch gedeckt.

„Habe ich Sie geweckt? Vorhin?"

„Nein." Er lachte.

Er war aufgewacht, sagte ich mir, weil ich nicht mehr neben ihm lag. Das hatte er gespürt. Und als er mich nicht neben sich fand, noch in der Wohnung, hatte er gewusst, wo ich war, warum ich die Wohnung verlassen hatte und dass ich zurückkommen würde. Es war alles ganz selbstverständlich.

Nach dem Frühstück ging ich. Ich sagte nicht, wann ich wiederkommen würde, und er fragte mich nicht danach.

Auf dem Weg nach Hause bekam ich Angst. Vielleicht war Klaus heute nicht zur Arbeit gegangen und wartete auf mich. Aber ich wollte ihm nicht begegnen. Er würde Fragen stellen, ich müsste antworten, erklären, mich verteidigen. Er würde nicht verstehen und alles in den Schmutz ziehen.

Doch als ich ankam, stellte ich erleichtert fest, dass er nicht da war. Ich suchte die ganze Wohnung nach ihm ab, aber ich war wirklich allein. Und mit dem Alleinsein kam ein Gefühl der Leere. Was wollte ich hier? Warum war ich nicht bei R. geblieben? Diese Wohnung war jahrelang mein Zuhause gewesen, aber ich gehörte nicht mehr hier her.

Ich legte mich aufs Bett und wartete. Ich wusste nicht, worauf. Auf nichts? Irgendwann würde Klaus zurückkommen. Wartete ich auf ihn? Würde ich überhaupt noch hier sein, wenn er kam? Vielleicht rief R. vorher an und sagte, ich solle zu ihm kommen. Vielleicht. Also begann ich, auf seinen Anruf zu warten.

Als das Telefon ging, schlief ich. Ich wusste nicht, wie lange ich geschlafen hatte, und meine Uhr war stehen geblieben. Auch der graue Himmel draußen verriet mir nichts.

„Ja?"

Es war nicht R., es war meine Mutter.

„Was hast du getan, Kind? Ich habe mir solche Sorgen um dich gemacht!"

„Das war unnötig, Mutter."

„Klaus hat angerufen. Wo bist du gewesen? Vater hat sich deinetwegen furchtbar aufgeregt."

Warum hatte er meine Eltern in die Sache hineingezogen? Ich hasste ihn dafür.

„Antworte! Wo bist du gewesen, Kind?"

„Nirgendwo."

„Wie? Sei doch nicht albern! Bist du krank? Ich werde zu dir kommen. Jetzt gleich."

„Nein!"

„Ich bin in einer halben Stunde bei dir. Geh auf keinen Fall aus, hörst du?"

Ich bin geflüchtet. Vielleicht hätte ich es auf mich genommen, mit Klaus zu sprechen. Das wäre schlimmer, viel schlimmer gewesen, aber Klaus und ich, wir haben uns einmal geliebt; er hätte ein Recht gehabt, mich zu quälen. Aber meine Mutter? Sie nicht!

Doch wie sollte R. mich jetzt erreichen? Er würde sicher anrufen. Und ich wäre nicht da.

Ich fuhr in die Stadt, ging durch all die Geschäfte und Kaufhäuser, in denen ich mit R. gewesen war. Hoffte ich, ihm dort zu begegnen? Sinnlos! Als es Abend wurde, ging ich zu ihm.

Ich war völlig verstört. Ich hatte nur den einen Wunsch, mich an ihn zu klammern und meinen Kopf an seine Brust zu legen, um sein Herz schlagen zu hören. Und er achtete meine Verzweiflung. Wir schwiegen, bis auf den Abend die Nacht folgte.

In der Dunkelheit erwachte jedoch in mir wieder der Wunsch, über mich, über ihn, über uns zu reden. Ich war ruhiger geworden und begnügte mich nicht mehr damit, ihn nur zu fühlen. Warum nur habe ich ihn seines Schweigens beraubt?

„Sag, warum hast du mich nicht angesprochen, damals, als du mir folgtest?"

„Warum willst du das wissen?"

„Weil ich es nicht verstehe. Du hast dich doch in mich verliebt, also ..."

„Nein."

Ich hätte mich damit begnügen können, sein *Nein* nicht zu verstehen und zu schweigen. Es war noch nicht zu spät. Aber ich redete weiter.

„Was bedeutet dieses *Nein*?"

„Ich hatte mich nicht in dich verliebt."

„Wann", scherzte ich hilflos, „wann hast du dich denn schließlich doch in mich verliebt?"

„Sei still! ... Bitte."

„Nein! Ich will es wissen. Wann? WANN?"

„Du hast es mir leicht gemacht."

„Was?"

„Wie eine Hure."

„Warum sagst du so etwas Abscheuliches? Ich liebe dich, und du liebst mich doch auch."

„Nein."

„Du lügst."

„Ich liebe dich nicht."

„Nein, du lügst! Du liebst mich. Du musst! Ich liebe dich doch auch."

„Du?" Er lachte laut auf. „Du? Nein, du liebst mich auch nicht."

Ich starrte in die Dunkelheit des Raumes hinein. Ich sah, wie ich mit den Fäusten auf ihn einschlug. Ich sah das Blut der aufgeplatzten Lippen in seinem Gesicht. An meinen Händen. Überall Blut. Überall. Und er wehrte sich nicht, er versuchte nicht, sich zu schützen. Schweigend lag ich neben ihm, bis die wahnsinnigen Bilder verblassten.

„Aber ... warum ich? Wenn du mich wirklich nicht liebst, warum hast du mir das angetan? Warum mir und nicht irgendeiner anderen?"

„Das geht dich nichts an."

Ich lag stundenlang neben ihm, ohne mich zu bewegen, aber ich schlief nicht, und als es dämmerte, stand ich auf und verließ ihn.

Ich weiß, dass er mich damals belogen hat. Er liebte mich. Aber warum hat er es nicht eingestanden? Was trieb ihn dazu, alles zu zerstören? Stundenlang habe ich darüber gegrübelt. Tagelang. Wochenlang. Ich glaube, es ist meine Schuld. Ich habe ihn enttäuscht, weil ich seine Liebe nicht wirklich ernst genommen habe. Ich habe in ihr einfach nur eine Möglichkeit gesehen, mich von Klaus zu lösen.

Zwei Monate sind seitdem vergangen, und ich habe ihn nicht wiedergesehen. Ich wollte ihn vergessen. Ich nahm mir eine eigene Wohnung und arbeite inzwischen als Verkäuferin, denn zu Klaus konnte ich nicht zurückkehren. Wir haben beschlossen, uns scheiden zu lassen, aber das ist jetzt bedeutungslos.

Denn heute Abend werde ich R. wiedersehen. Es wird unsere letzte Begegnung sein. Er wird mich töten. Nur allein der Liebe wegen.